KB114019

요리의악마

요리의 악마 ㄱ

가프 현대 판타지 장편소설

초판 1쇄 찍은 날 § 2022년 10월 21일
초판 1쇄 펴낸 날 § 2022년 10월 28일
지은이 § 가프
펴낸이 § 서경석

총괄팀장 § 황창선
편집책임 § 양준
디자인 § 스튜디오 이너스

펴낸곳 § 도서출판 청어람
등록번호 § 제387-1999-000006호
등록일자 § 1999. 5. 31
어람번호 § 제1-3198호

본사 § 경기도 부천시 부일로 483번길 40 서경B/D 3F (우) 14640
편집부 § 서울특별시 구로구 디지털로 272 한신IT타워 404호 (우) 08389
전화 § 02-6956-0531 팩스 § 02-6956-0532
http://www.chungeoram.com
E-mail § chungeorambook@daum.net

ⓒ 가프, 2022

ISBN 979-11-04-92463-7 04810
ISBN 979-11-04-92433-0 (세트)

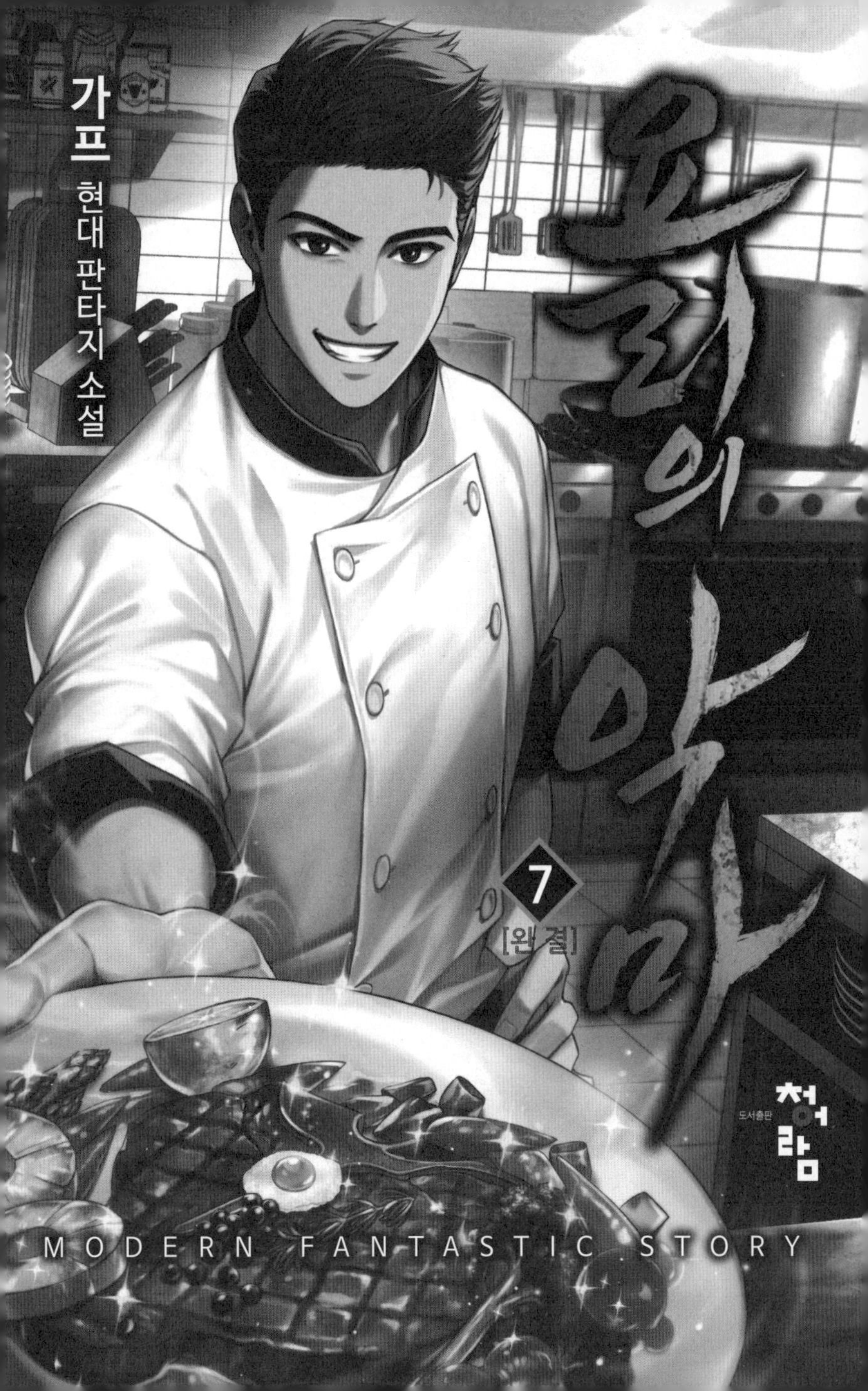
가프
현대 판타지 소설
요리의 악마
7
[완결]
도서출판 청어람
MODERN FANTASTIC STORY

목차

제1장

—

교황을 모시다

[히틀러의 초콜릿 영계]

뜻밖에도 대박 반열에 오르게 되었다. 발단은 이상백이었다.

쉬는 월요일, 윤기는 미식하우스에서 새 메뉴 연구를 하고 있었다. 쉐쓰총의 부친에게 선을 보였던 개복치 국수였다.

장어 수프와 토마토 수프, 심지어는 마라탕 수프와도 매칭을 시켜 보았다. 개복치의 매력을 가장 잘 살릴 수 있는 매칭을 찾는 중이었다.

당첨의 영광은 들깨 수프에게 돌아갔다. 부드럽게 갈아 내고 원심분리기를 거친 들깨 가루의 침전 층. 거기에 개복치 육수를 붓고 끓였다. 얇고 긴 면발로 뽑아 낸 개복치 국수를 넣고 맛을 보았다.

유레카.

하마터면 그렇게 외칠 뻔했다. 고소미의 끝판왕인 들깨와 심심한 맛의 개복치 면발. 가늘고 길게 뽑아 젓가락에 말아 내자 입안에서 두 개의 행복이 반짝거렸다.

'좋았어.'

레시피를 메모할 때 차 들어오는 소리가 들렸다.

'누구지?'

윤기가 고개를 빼 들었다. 차에서 내린 사람은 이상백이었다.

"셰프님, 들어가도 됩니까?"

그가 소리쳤다.

"이미 들어왔지 않나요?"

윤기가 창문 틈새로 답했다.

"쉬는 날이라 집에 갔더니 없더라고요. 보나마나 여기 있겠다 싶어서 달려왔죠."

이상백이 안으로 들어왔다.

"무슨 일로요?"

윤기표 음료를 건네며 물었다.

"제가 체면을 심하게 구겨서요."

"기자님이요? 승진에서 물먹으셨어요?"

"천만에요. 이번에는 문화부장 먹었습니다."

"신문 인사란에는 발표 안 되던데요?"

윤기가 검색에 들어갔다. 이상백은 승진을 앞두고 있었다. 그렇기에 이따금 챙겨 보던 윤기였다.

"내일이나 되어야 나올 겁니다. 아침에 내정되었거든요."

"아무튼 축하드립니다. 그런데 체면을 구긴 건 또 뭐죠?"

"시치미 떼실 겁니까?"

"미안하지만 시치미가 좀 많아서요."

"아, 진짜… 이렇다니까."

"죄송해요. 기자들도 취재원 보호라는 게 있잖아요?"

"그래도 그렇죠. 귀띔은 해 주셔야죠. 저하고 셰프님 사이의 신사 협정 깨진 겁니까?"

"그거야 절대 아니지만……."

"하나만 까세요."

"어떤?"

"중국 외교부장이 여기 다녀갔다면서요?"

"예?"

"뿐만 아니라 셰프님이 그 아들 목숨도 구했다고 하던데?"

"……."

"팩트죠?"

"……."

"괜찮으니까 얘기하세요. 이거 외교부 출입 기자들이 물어 온 루머 아닌 루머입니다."

"외교부라고요?"

"제 생각인데 오늘 오후면 기자들이 들이닥칠 겁니다. 그러니 차라리 저한테 먼저 풀어 놓으시는 게 편할 겁니다. 제가 선수 치면 소란도 줄어들 테니까요."

"헐."

"왔었죠?"

"미안합니다. 외교적인 일이고 보안을 엄중히 하길래……."

"잘하셨습니다. 제가 볼 때 이제는 공개하셔도 됩니다. 외교부에서 먼저 흘린 일이니까요."

"알겠습니다."

"저는 다른 건 큰 관심 없고, 요리요. 저녁 만찬이었다고 하던데 뭘 먹었습니까?"

"동파육에 삼불점을 먹었습니다. 술은 죽엽청주가 나갔고요."

"동파육에 삼불점이라고요?"

"네."

"외교부 이 친구들, 몸이 달았었군요."

"예?"

"요리 말입니다. 전부 중국 것 아닙니까?"

"그렇게 되나요?"

"요리로 치면 어떤 의미가 있나요?"

"정치적으로 말입니까?"

"그런 게 있으면 더 좋죠."

"동파육은 기브 앤 테이크의 성격이 있습니다. 소동파의 공덕을 기린 주민들이 돼지고기를 바쳤는데 소동파가 그걸 동파육으로 요리해서 나누어 주었거든요."

"삼불점은요?"

"이도 아니고 저도 아닌 요리라지만 입과 그릇에 붙지 않고 달달한 맛이니 어려운 과정을 지나 유종의 미를 의미하는 것으로 볼 수 있겠죠."

"대박."

이상백이 소리쳤다.

"기자님?"

"바로 그겁니다. 제가 원하던 것. 이런 게 바로 기자가 아니라 셰프님만이 알 수 있는 소스라고요."

"외전도 있는데요?"

"외전요?"

"중국 외교부장의 가족들은 사실 사적으로 예약을 하고 왔습니다. 오는 시간도 달랐고요."

"그래서요?"

"아주 재미난 요리를 먹었죠."

"그러니까 그게 뭐냐고요?"

"제가 이 부장님 승진 축하 기념으로 해 드릴까 하는데 다 드신다고 약속하십시오."

"지금 당장요?"

"물론이죠."

"먹죠. 셰프님 요리라면 뭔들~."

"그럼 조금만 기다리세요."

이상백을 앉혀 놓고 주방으로 들어섰다. 윤기가 꺼낸 건 영계 한 마리와 초콜릿 뭉치였다.

"드세요."

얼마 후에 나온 윤기가 영계구이 접시를 내놓았다.

"달콤 고소한 냄새가 좋은데요?"

이상백이 다가앉았다.

"……?"

하지만 바로 흠칫거린다. 영계를 반으로 가르자 안에서 초콜릿 홍수가 밀려 나온 것.

"셰프님."

"중국 외교부장 사모님과 그 아이들이 환호하던 요리입니다. 히틀러가 좋아하던 요리죠."

"히틀러가요?"

외교부장보다 히틀러에서 빵 터지는 이상백.

"달달하니 축하 이벤트 요리로 나쁘지 않을 것 같아서요."

"이걸 다 먹어라?"

"약속했잖습니까?"

"내 평생 초콜릿 품은 닭요리… 이거 먹으면 히틀러 같은 괴물이 되는 거 아닙니까?"

"그럴 줄 알고 최후의 만찬에 올라간 빵을 준비했죠. 그 요리 먹고 괴물이 될라 싶으면 성자의 빵을 드세요. 그러면 죄가 씻겨 내려가지 않을까요?"

"좋아요. 일단 사진부터."

찰칵.

히틀러의 초콜릿 영계가 사진으로 남았다.

맛은 이상백의 미각과 뇌에 차곡차곡 저장되었다.

"뭐랄까? 개구쟁이가 만든 요리를 먹은 기분입니다. 한 번은 시도할 만하네요."

이상백의 소감이었다.

"남기지 않고 먹었으니 보너스를 드리죠."

"보너스?"

"다음 주 수요일 밤에 시간 비워 놓고 제 전화를 기다리세요. 특종 한 건 올려 드릴게요."

"다음 주에 새로운 메뉴가 나옵니까? 아니면 굉장한 거물이라도?"

"그 또한 보안 사항이라 지금은 말씀 못 드립니다. 그렇게만 알아 두세요."

"알겠습니다, 기꺼이 기다리죠."

이상백의 답이었다.

돌아간 그가 쓴 칼럼이 대박이었다. 유려한 필치로 초콜릿 영계를 묘사하고, 민트초코의 열풍과 히틀러의 스토리까지 덧입히자 사람들의 호기심에 불이 붙었다. 예약이 러시를 이루었다. 히틀러의 초콜릿 영계가 빅 히트를 친 과정이었다.

*   *   *

"셰프님."

런치 타임이 끝난 이른 오후, 프라이빗 룸에서 노트북 화면을 볼 때 주희가 윤기를 불렀다. 교황의 서빙을 위해 임시 파견(?)된 주희였다.

"네?"

"마름하고 쥐치 간 택배가 도착했어요."

"금방 나갈게요."

윤기가 답했다.

시선은 화면에 있었다. 교황 관련 뉴스였다. 교황은 어제 오후에 도착했다. 공항 그림이 나오더니 청와대 그림으로 이어진다. 대통령과의 회담이었다.

현재 화면은 판문점 쪽이었다. 교황이 도착하고 있다. 수많은 인파들이 몰려나왔다. 교황은 대통령과 함께 걸었다.

판문점 너머에 북쪽의 지도자가 보인다. 세 사람은 경계선에서 만났다. 언젠가 대통령과 북한의 지도자가 만났던 그 자리였다.

바로 거기에 평화의 테이블이 펼쳐졌다. 편안한 나무 테이블에 목조 의자 세트였다. 거기 놓인 건 생수가 전부였다. 북한 것이 놓였으니 그들의 요청으로 보였다.

교황.

한국에 도착했다. 윤기의 미식하우스로 오는 건 시간의 문제였다. 자이체프의 전화는 이탈리아에서 걸려 왔다. 교황의 특별기가 출발하기 전이었다.

—셰프님, 교황께서 출발하십니다.

"알겠습니다."

—지난번에 말씀드린 대로입니다. 소박하게, 완전 보안.

"염려 마세요."

—그럼 한국에서 뵙겠습니다.

통화는 짧았다.

두 번째 전화는 서울에서 걸려 왔다. 오늘 아침이었다.

—저녁 7시경에 도착할 겁니다. 판문점 회담이 끝나고 숙소로 돌아온 다음에 연락드리겠습니다.

"그렇게 하세요."

그 전화 역시 길지 않았다.

"아침부터 예약이야?"

출근 준비를 하던 어머니가 물었다.

"응."

"눈치 보니 굉장한 분 같은데?"

"응."

어머니에게도 귀뜸하지 않았다. 손님에 대한 예우였다.

송윤기.

시작해 볼까?

노트북을 닫고 일어섰다.

*　　　*　　　*

"주희 씨."

식재료 앞에서 주희를 불렀다.

"네, 셰프님."

"오늘 들어가는 재료의 영수증은 따로 챙겨 두세요."

"알겠습니다."

주희의 대답이 낭랑했다.

쥐치 간은 싱싱했다. 그러나 사이즈는 작았다. 하나하나 정성을 다해 손질을 했다. 행여 핏물이 남으면 곤란했다. 맛을 망치게 되는 것이다.

마름 열매는 하나하나 손으로 깠다. 마름은 신기하다. 겉보기에는 물소 얼굴이나 나방, 혹은 우주 비행선처럼 보인다. 끝에 달린 가시는 작살의 역할도 한다. 내려앉은 새의 날개에 박혀 번식을 하는 것이다.

껍질을 벗기면 고운 알맹이가 나온다. 크기는 완두콩만 하다. 은은한 아이보리색도 나고 보랏빛 색감도 난다. 보는 것만으로도 포근한 느낌을 주었다.

아삭.

맛을 보았다. 담백하면서도 아련한 맛이 오래가니 마음에 들었다.

"먹어 봐."

옆에 있던 창혁의 입에도 두 알을 넣어 주었다.

"맛이 아련해요."

멋진 표현이 나왔다.

"그런데 셰프님."

창혁이 윤기를 불렀다.

"응?"

"쿨리비악에 식용 금박이 빠진 거 같은데 챙겨 놓을까요?"

"아니야, 일부러 뺐어."

윤기의 답이었다.

저녁 7시.

본관에서 전화가 왔다. 오늘 신기록을 세웠다는 전갈이었다. 연예인 동호회와 맘 카페의 단체 예약 때문이었다. 거기에 전송화 화백이 데려온 뉴욕 경매 관계자들이 많았다.

준비를 마친 창혁이 윤기를 바라보았다.

저녁 8시.

자이체프의 전화는 오지 않았다.

판문점에서 돌아올 때도 전화를 했던 사람. 무슨 사고라도 터진 걸까?

9시.

하는 수 없이 자이체프에게 전화를 걸었다. 전화를 받지 않는다. 한 번 더. 그래도 통화는 되지 않았다.

기대가 너무 컸나?

"창혁아, 퇴근해. 주희 씨도요."

윤기가 앞치마를 벗었다.

"예약 손님 안 오셨잖아요?"

주희가 어깨를 으쓱해 보였다.

"노쇼인 모양이에요."

윤기가 말했다. 노쇼는 흔하다. 리폼 호텔에도 더러 있었다. 그러나 걱정이 없었다. 예약 대기자들이 있기 때문이었다. 하지만 이 시간만큼은 아니었다.

교황.

대통령보다 모시기 어려운 사람이다. 그렇기에 안드레아도 열광했었다. 실망은 하지 않았다. 기회는 다시 만들면 되는 법.

"셰프님."

가방을 챙기던 주희의 목소리가 높아졌다. 미식하우스의 입구였다. 차가 한 대 들어서고 있었다. 그 차에서 자이체프가 내렸다.

"송 셰프님."

내리기 무섭게 윤기에게 다가왔다.

"아직 계셨군요?"

"……."

"미안합니다. 판문점에서 동선이 엉기는 바람에 핸드폰을 분실했어요. 그걸 모르고 서울의 호텔까지 왔는데 어제 와병으로 성하를 알현하지 못한 수원교구장께서 아픈 몸을 이끌고 왔지 뭡니까? 그 회담에 배석했는데 두 분의 소회가 너무 깊어 시간이 길어지는 까닭에……."

"……."

"영업시간이 끝난 겁니까?"

"아닙니다. 오시는 것 같아 마중을 나오던 참이었습니다."

윤기의 순발력이 빛났다.

"셰프님."

"교황님을 모시겠습니다."

그 말을 마치고 창혁과 주희를 돌아보았다.

"오늘 예약이신 교황님이세요. 준비해 주세요."

교황.

단어 하나에 주희와 창혁이 얼어붙었다.

"준비요."

"알겠습니다."

한 번 더 강조하자 눈치 빠른 주희가 먼저 움직였다. 베테랑의 품격이다. 뒤편의 순지는 가슴만 쓸어내리고 있었다.

메인 룸에 준비된 자리는 이미 정리된 후였다. 그걸 다시 세팅해야 했다.

"송 셰프?"

교황이 차에서 내렸다. 예복이 아니라 간소복 차림이었다. 영상 통화를 한 덕분에 윤기를 바로 알아보았다.

"셰프께서 불어와 중국어에 능통하고 영어도 가능하십니다."

자이체프가 부연을 했다.

"너무 늦은 건 아닌가 모르겠어요?"

교황은 영어였다. 첫마디부터 온화했다. 그 온화함만은 세월을 거꾸로 갔다. 다른 에너지는 절반 이하로 떨어졌지만 그것만은 두 배로 올라 있었다.

"요리란 오래 기다렸다 먹을수록 맛이 좋다는 말이 있으니 괜찮습니다."

"지붕 색깔이 낯익어요?"

"저희 대통령이 사는 집과 같은 기와입니다."

"나무의 향도 좋네요."

"다북솔에 바위를 두르고 이끼를 심었습니다. 손님들이 평안해하시더군요."

나무를 소개했다. 주희를 위해 시간을 벌어 주는 윤기였다.

"교황님이 오시니 나무도 반갑다고 가지를 흔드네요. 잎이 흔들리면 향이 진해지거든요. 들어가시죠."

그제야 현관을 가리켰다. 이제는 자리가 세팅되었을 시간이었다.

"두 분은요?"

윤기가 자이체프와 직원을 바라보았다.

"우리는 간단히 요기를 마쳤으니 괜찮습니다."

자이체프의 답이었다.

"그럼 가벼운 토마토 분자음료에 나무칩 조금 내겠습니다."

자이체프와 일행에게는 프라이빗 룸의 테이블을 주었다. 문을 열면 교황의 테이블이 보이는 곳이었다.

"셰프님."

창혁이 주방으로 다가왔다. 몹시 들뜬 목소리였다.

"저분이 교황님이세요?"

"쉬잇."

"……."

"각별한 보안을 요구하셔서 너한테도 비밀이었어."

"그건 괜찮은데… 그럼 식재료들 다 바꿔야 하지 않나요? 세팅할 접시도 비싸고 화려한 걸로… 제가 본관에 다녀올게요."

"아니."

"왜요? 교황님이잖아요?"

"역대 교황들 중에는 화려하고 고급진 요리를 탐식으로 규정하고 죄악시하는 사람들이 있었어. 저 교황님도 그쪽이고. 이해하지?"

"그래서 식용 금박을 준비하지 않았군요?"

"그래. 그러니까 우리는 정성만 정갈하게 더하면 돼."

"셰프님……."

"떨려?"

"네."

"주희 씨는요?"

"저도요. 방금 안정환도 먹었어요."

"그냥 몸이 약한 어르신이 기분 전환을 위한 힐링 요리 먹으러 왔다고 생각하세요. 그럼 편안해질 겁니다."

"하지만……."

"창혁이는 나무칩 튀김 좀 부탁해. 양은 각 세 조각씩."

간결한 지시와 함께 윤기의 요리가 시작되었다.

쥐치 테린에게 선발을 맡겼다. 군힐 때 마름 분말과 입자, 그리고 구운 유자 껍질을 일부 섞었다. 머스터드와 당근으로 만든 퓌레를 접시에 깔고 테린 세 조각을 올렸다.

매생이 수프에 나무칩 3종을 더해 애피타이저가 되었다. 매생이는 미리 말려 둔 것을 썼다. 관자를 구웠다 말린 것으로 육수에 더했다. 가다랑어와 다시마를 합쳐 감칠맛과 담백함의 조화도 이루어 놓았다.

두 번째는 푸틴이었다.

그렇다고 러시아의 지도자를 접시에 올린 건 아니었다. 멸치의 새끼 치어를 Poutine라고 부른다. 싱싱한 채로 올리브유와 레몬즙을 뿌리고 그 위에 바늘 썰기를 한 트러플을 올려서 먹는다. 이때 들어가는 트러플은 듬뿍이지만 윤기는 몇 조각만으로 풍미만 살렸다.

푸틴.

안드레아의 정보 속에 남아 있는 교황의 취향이었다.

딱 한 젓가락 분량으로 만들고 그 옆에 한국식 포인트를 올려 주었다. 간장 카라기난이었다. 투명하게 속이 비치는 판 위에 새콤하게 익은 김치 바늘 채를 깔고 그 안에 흰 마 바늘 채를 넣었다. 한입 물면 짭짤 새콤한 맛에 시원한 마의 식감이 다채롭게 느껴진다.

마지막 악센트는 한입 크기로 만든 빵 슈톨렌. 아기 예수를 감쌌던 강보와 똑같이 구현했다. 교황에게 맞춰 물과 귀리, 카놀라유만 사용했다.

[교황의 요리]

찰칵.

사진부터 찍었다.

"서빙할까요?"

윤기가 접시를 밀자 주희가 끄덕, 고갯짓과 함께 지시를 받았다.

"후아."

심호흡을 마친 주희가 카트와 함께 출발했다.

안드레아.

그는 생각했었다. 교황이 테이블에 앉으면 자기 요리의 맛에 취해 쓰러지게 만들 거라고.

'내가 대신 이뤄 드리지.'

윤기가 그 재미난 목표를 흘려 버릴 리 없었다.

* * *

"푸틴?"

세팅된 요리를 본 교황이 고요히 시선을 들었다.

"네."

"뜻밖이군요? 코리아에서 푸틴을 만나다니……."

"글로벌 세상입니다. 저희 레스토랑에서 니스의 요리를 만날 수도 있고 프로방스의 요리를 만날 수도 있죠."

"하긴 안드레아 셰프의 요리를 마스터하셨다니… 이 수프는 채소인가요?"

"해초입니다. 코리아에 오셨으니 코리아의 바다 맛도 보셔야 할 것 같아서요."

"풍미가 싱그럽군요."

교황이 지그시 눈을 감는다. 그도 인간이다. 인간은 오감을 집중할 때 눈을 감는 게 보통이었다.

"테린에 분자요리까지 딸렸어요?"

"코리아에서 만든 간장 소스로 코리아의 맛을 모은 것입니다. 분자요리는 오히려 재료비가 많이 들지 않으니 편안히 즐기십시오."

"그래야겠어요. 점잔을 빼고 싶지만 식욕이 침샘을 부추기네요."

"그럼 다음 요리 준비하겠습니다."

인사와 함께 윤기가 물러났다.

이제 메인이었다.

"셰프님."

쿨리비악을 오븐에 넣고 돌아서자 창혁이 육수를 가리켰다. 가다랑어와 다시마, 관자의 육수가 절반 정도 남아 있었다.

"일부러 그런 거야."

창혁을 안심시켰다.

"일부러요? 딱 1인분이었는데……."

"알고 보니 교황님은 반인분이야."

"네?"

"지금으로부터 약 20여 년 전, 그때라면 그걸 다 넣었을 거야. 하지만 세월이 반을 먹어 버렸어."

"네?"

"그런 게 있어."

윤기가 웃었다. 창혁의 눈자위가 가볍게 떨었다. 가끔은 이렇게 선문답 같은 말을 한다. 그런데 그게 또 귀신처럼 맞는다. 그러니 뭐라 되물을 수도 없었다.

윤기는 리에브르 요리에 들어갔다.

수프에 쓸 육수를 남긴 건 교황의 체취 때문이었다. 교황이 오기도 전에 윤기는 알고 있었다. 그의 체취. 그걸 어떻게 잊을까? 그러나 그 기준은 안드레아 때의 일이었다.

20여 년 전, 교황의 먹성은 건강했다. 지금은 변했다. 담백한 감칠맛을 좋아하던 교황. 그 농도가 절반 이상 낮아진 것이다. 그러니까 그때 기준으로 담백한 감칠맛을 만든다면 토할 수도 있었다. 그래서 양 조절을 한 것이다.

달리 보면 안드레아보다 불리했다.

미식은 종종 풍선으로 설명할 수 있다. 빵빵하게 부는 건 오히려 쉽다. 하지만 딱 절반이라면? 그 절반에서 단 한 숨도 더하거나 덜하면 안 된다면? 교황의 상황이 그랬다. 게다가 교황 정도 되면 제어력이라는 게 생긴다. 그것까지 넘어서려면 분량 조절이 신묘해야 했다.

자기 통솔력이 강한 사람은 무식한 과식을 하지 않는다. 이들의 과식은 딱 한두 젓가락 정도다. 그런 분량이라면 제어력이 강한 수도자들도 더러 무리를 한다. 윤기의 계산은 거기에 가 있었다.

"셰프님, 교황님께서 다 드셨어요."

주희가 상황을 알려 왔다. 시계를 보았다. 예정보다 6분이 빨랐다. 윤기가 빙그레 웃었다. 시간은 윤기의 편이었다. 2시간이나 늦은 것도 그렇고 6분이 빨라진 것도 그랬다.

어째서 그렇냐고?

2시간을 먼저 말하자면, 그것 덕분에 교황은 허기가 지게 되었다. 허기는 최상급의 향신료다. 웬만하면 맛있어지는 조건이 바로 허기였다. 그렇기에 예상 시간보다 빠르게 요리를 비워 냈다. 이게 또 도미노 효과를 일으켜 식사가 빨라진 것이다.

리에브르부터 완성시켰다. 자이체프에게 선보인 것과 같은 방식이지만 사이즈가 절반이었다. 맨 위의 장식도 조금 변했다.

잘게 부순 김가루를 뿌리고 결정화된 보라색 제비꽃 한 송이를 놓았다. 소스 역시 체인지가 되었다. 지난번에는 풍조목 소스였지만 이번에는 불가리아풍의 부드러운 소스로 대체를 했다.

땡.

타이머의 알람과 함께 쿨리비악도 오븐에서 나왔다. 플레이팅을 마치고 다시…….

찰칵.

사진 기록을 마쳤다.

"가죠."

윤기가 주희를 앞세웠다.

"후우."

다시 심호흡을 한 주희가 카트를 밀었다.

"셰프님, 파이팅요."

뒤쪽의 창혁과 순지가 주먹을 쥐어 보였다.

"요리 나왔습니다."

주희가 카트를 멈췄다. 두 손을 모으고 명상에 잠겨 있던 교황이 눈을 떴다. 주희가 접시를 세팅했다. 이제는 군더더기조차 없는 주희의 서빙이었다.

"그때 본 리에브르와 쿨리비악이군요?"

교황의 눈빛이 밝아졌다.

리에브르의 시어링은 황제의 왕관보다 더 반짝이는 금빛이었다. 탑을 이룬 둘레도 그랬다. 그러나 건드리면 바삭 소리를 낼 것 같은 촉감까지 압도적이었다.

"맛을 5층으로 쌓았군요?"

"식재료는 다 소박한 것들을 썼습니다. 연못의 풀에서 나는 열매와 작은 생선의 간, 평범한 초리조에 유자가 전부입니다. 평안하게 드셔도 될 것 같습니다."

"그런 것들로 이런 풍미를 이루다니 과연……."

"요리가 식습니다."

"그래요. 정성껏 차린 요리는 맛나게 먹어 주는 게 예의죠."

교황은 잠시 즐거운 갈등에 사로잡혔다. 토끼와 쿨리비악의 선택 때문이었다. 시작은 리에브르였다. 한쪽을 떼어 내 입에 물더니 오래오래 음미를 했다.

"아⋯⋯."

감탄과 함께 또 한 점이 들어간다.

"아아⋯⋯."

두 번째 감탄은 좀 길었다.

그다음은 쿨리비악 커팅이었다. 절반으로 가르자 그 안에 갇혀 있던 맛 폭탄이 폭발했다.

"⋯⋯!"

교황의 어깨가 파르르 떨렸다. 잘 다진 어깨살을 굴려 만든 캐비어 모양, 거기 더해진 메밀의 느낌은 한없이 소박했다. 그러나 풍미만은 거칠고 투박했다. 사납게 후각을 들이치니 침샘 제어가 힘들어지는 교황이었다.

잘 익은 반죽, 그 안에서 드러난 또 하나의 시금치 한 겹, 세 번째 겹을 이루다 녹아내린 젤라틴의 벽. 그건 차마 꿀물이 흐르는 천국의 감미로운 향연처럼 보였다.

교황의 손이 저절로 움직였다. 욕심껏 한 스푼을 뜨더니 그대로 흡입. 몇 번 우물거릴 사이도 없이 또 한 입 헌팅. 그걸 넘기기도 전에 또 한 스푼⋯⋯.

손이 멈추지 않는다. 절정의 리에브르조차 잊은 채 절반을 먹고 있었다.

'아.'

이 탄식은 윤기의 것이었다.

교황.

안드레아에게 있어서는 정복의 대상이었다. 그 미각조차 중독시키고 싶었다. 눈만 뜨면 안드레아의 요리를 찾게 만드는 게 목표였다. 안드레아는 그랬다. 지상의 모든 성자와 영웅, 빅스타들. 그 모든 사람들의 미각이 정복의 대상이었다. 그리고 그들 위에 군림하는 거였다.

하지만.

윤기는 다른 걸 보았다.

교황······.

로마의 법왕이다. 세계 복음화의 최고 책임자이자 바티칸을 통치하는 바티칸의 원수. 그렇기에 그의 신분과 지위는 특별하고 또 특별했다.

윤기가 본 건 한 사람의 인간이었다. 권능과 지위를 떠나 그저 한 사람의 인간. 맛난 것에 감탄하고 매료되기는 그도 다르지 않다. 특별하지만 위장은 하나였고 미각이 느끼는 오미나 육미, 칠미 또한 다르지 않기 때문이었다. 그의 식사는 외로웠다. 게다가 늙었다. 타인 앞에서는 법왕이자 통치자지만 외로운 그늘이 역력했다.

[가장 위대한 자가 가장 외롭다.]
[가장 뛰어난 자가 가장 외롭다.]

메아리가 윤기 귓전에 밀려들었다.

과시, 인정, 검증······.

몇몇 단어들이 윤기의 뇌리에서 흩어졌다.

"주희 씨."

아지랑이처럼 나지막이 주희를 불렀다.

"네?"

"음료 한 잔 더 가져다 드리세요."

"네?"

주희가 윤기를 바라보았다. 교황의 음료는 3분의 1 이상 남아 있었다.

"어서요."

윤기가 거듭하자 주희가 지시에 따랐다. 교황은 그제야 남은 음료를 다 마시고 새 음료를 마셨다. 탐식이라는 부담 때문에 음료조차 마음껏 마시지 않은 것이다.

주희 옷을 당겨 주방으로 돌아왔다.

교황은 삼매경에 빠져 있었다. 창혁의 시선이 윤기와 교황을 번갈아 바라본다. 아까는 윤기가 삼매경이었다. 그런데 지금은 교황이 그 삼매경을 이어받은 것이다.

이제 리에브르 차례였다. 아직도 따끈한 촉감이 남은 요리가 교황의 입으로 들어갔다. 그때마다 눈을 감고, 고개를 살며시 저으며 깊고 깊은 음미를 한다. 어쩌면 요리에 은총을 내리는 것도 같았다.

마지막 남은 리에브르가 교황의 포크에 찍혔다. 그 한 점으로 바닥의 소스를 싹싹 쓸어 모은다. 한 방울의 소스조차 남길 생각이 없는 것 같았다.

꿀꺽.

더 참지 못한 목젖이 울컥거리나 싶더니 입으로 들어갔다. 포크 날에 묻은 소스까지 알뜰하게 빨아 먹었다. 눈을 감고 천천히 음미에 들어간다. 맛난 것의 마지막, 그래서 삼키지 못하고 오래 씹는 아이 같았다.

그때 주희 목소리가 짧게 끊어졌다.

"셰프님."

"……?"

동시에 윤기도 소스라쳤다. 교황이 쓰러진 것이다.

"성하."

먼발치에서 대기하던 자이체프가 먼저 뛰었다.

"성하, 괜찮으십니까?"

그가 교황을 흔들었다. 교황은 가볍게 경련하고 있었다.

"셰프님, 119를 부를까요?"

주희가 핸드폰을 꺼내 들었다.

"아뇨."

윤기가 고개를 저었다.

"셰프님."

이제는 창혁과 순지도 놀란다. 손님이 쓰러졌다. 다른 사람도 아니고 교황이다. 만약 불미스러운 일이라도 일어난다면 리폼에 치명타가 된다. 그런데 아니라니?

"음료 한 잔 더 준비해 주세요."

윤기는 오히려 담담했다.

"셰프님."

"어서요."

재촉까지 하니 주회도 어쩔 수 없었다.

"셰프님, 구급차를 불러 주세요."

자이체프의 공식 요청이 나왔다.

"조금만 기다려 보시죠."

윤기의 답이었다.

"기다리다뇨? 식사를 하시다 쓰러졌어요. 병원으로 옮겨야 합니다."

"제 생각에는 나쁜 일은 아닌 것 같습니다."

"나쁜 게 아니라고요?"

자이체프가 되물을 때였다. 교황의 입에서 낮고 긴 안도의 숨이 밀려 나왔다.

"성하."

자이체프가 교황을 바라보았다. 교황이 머리를 짚으며 눈을 떴다. 윤기는 주회가 가져온 음료를 교황에게 건넸다. 자이체프가 받아 교황의 입으로 가져갔다.

"내가 마시겠네."

"성하?"

"쉬잇, 셰프께서 놀라시겠어."

"괜찮으십니까?"

"그래. 맛에 취했는지 갑자기 몸이 나른해졌어."

"……?"

"자리로 돌아가게."

"정말 괜찮으신 겁니까?"

"그렇대도."

교황이 강조하자 자이체프가 일어섰다. 그를 따라 주희와 창혁도 퇴장을 했다.

"셰프."

음료 컵을 만지며 교황이 입을 열었다.

"예."

"셰프의 요리에서 오래 잊었던 분을 만났어요."

"……"

"그분이 내 마음을 어루만져 주더군요. 그래서 잠시 긴장이 풀렸습니다."

"……"

"쿨리비악… 자애로운 어머니의 손맛이라는 말이 있더군요. 먹다 보니 알겠더군요. 왜 그런 말들을 하는지……."

"……"

"특히 시금치와 메밀… 소박하면서도 담백한 조화가 아름다웠어요. 게다가 푸틴에 딸려 나온 슈톨렌의 맛이란… 오래전, 거친 노동을 하는 신자들을 방문했을 때 그들의 식단에서 느꼈던, 거칠어서 더 신성하던 맛 그대로였어요."

"……"

"리에브르도 그렇더군요. 밤보다 더 아련한 단맛, 푸아그라보다 더 부드럽고 고소한 맛… 그리고 잘 익은 오렌지보다도 맛난 새콤달콤한 유자… 거기에 자장가처럼 포근한 소스까지……."

"……"

"메인은 리에브르지만 소스의 울림이 더 오래 남네요."

"……"

"오늘 요리의 주제가 무엇이었나요?"

"위로였습니다."

"위로?"

"교황님께서는 세상 사람들에게 위로를 주지 않습니까? 그러나 너무 오래 나누어 주셨으니 그 보물함이 조금 비어 있지 않을까 싶었거든요. 그래서… 주제넘게 위로를 담았습니다."

"자애로운 쿨리비악, 거기에 투영된 어머니의 맛으로?"

"어머니는 많은 사람들의 위로가 되니까요."

"또 뭐가 있었나요?"

"바다, 산, 호수, 땅… 자연을 품은 소박한 식재료입니다. 대자연 또한 정화와 위로의 아이콘 아닙니까. 마지막으로, 말씀하신 대로 안드레아 셰프의 소스입니다."

"안드레아 셰프?"

"그 셰프께서 교황님을 위한 요리를 꿈꿨죠. 그래서 그의 소스를 길어 와 한 번 더 승화시켰습니다. 애잔한 자장가처럼, 포근한 요람처럼."

"메인보다 아름다운 서브. 그거였겠죠? 위로뿐 아니라 깨달음까지 주는 맛이었어요. 세상의 메인은 언제나 서브로 인해 부각된다는 진리……"

빙고.

윤기 머리가 환하게 밝아 왔다.

교황과 제대로 통한 것이다.

"그러니까 나는 네 가지 정성이 깃든 요리를 먹은 셈이군요. 어머니와 안드레아, 송 셰프와 소박한 자연의 맛……"

"예."

"그래서 내 피가 이렇게 따뜻해지는군요."

"……."

"고맙습니다. 자이체프의 추천이 있기는 했지만 이 정도까지 만족할 줄은 몰랐습니다."

교황이 악수를 청해 왔다. 윤기는 기꺼이 악수를 받았다. 교황을 위한 테이블은 대성공이었다.

"혈색까지 달라지셨어요."

카운터로 나온 자이체프가 환하게 웃었다.

"그런데 기준 가격이 너무 낮은 거 아닌가요?"

"양이 적었으니까요."

"성하의 말씀이 오늘 셰프가 셋이었다 하니 3배로 계산하겠습니다. 성부와 성자와 성신의 의미도 있고요."

"고맙습니다만……."

"하실 말씀이 있습니까?"

"보안 말입니다. 이제는 풀리는 건가요?"

"그럼요. 식사는 끝났으니까요."

"그럼 죄송하지만 교황님께서 기념 촬영 한번 해 주실 수 있을까요? 저희 호텔과 이 미식하우스에 두고두고 축복이 될 겁니다."

"제가 성하께 여쭤보죠."

자이체프가 돌아섰다.

"창혁 씨."

주희가 그새 내기를 건다.

"저는 오케이예요."

"그럼 나도 오케이, 이렇게 되면 좀 싱거운데?"

"교황께서 허락하시면 내가 거하게 한턱 내죠, 뭐. 그러면 될까요?"

윤기의 제의였다.

창혁과 주희의 시선은 자이체프 쪽에 꽂혀 움직이지 않았다.

제2장
—
요리보다 황홀한

"셰프님."

창혁이 긴장했다. 교황 때문이었다. 자이체프의 말을 듣기 무섭게 윤기 쪽으로 오고 있었다.

"셰프."

"예."

"기념 촬영을 하고 싶다고요?"

"예."

"그 요청이 나오지 않았으면 섭섭할 뻔했습니다. 나 이렇게 인기가 없는 건가 하고 말입니다."

대박.

그렇게 외칠 뻔했다.

"그게, 말씀드리기가 어려워서……."

"내 마음에 위로 준 사람입니다. 그런 말 마세요."

"감사합니다."

"어디서 찍을까요?"

"괜찮으시다면 저희 현관에서 부탁드립니다."

"그럼 갈까요?"

교황이 먼저 나섰다.

찰칵.

진짜 한 장만 찍었다. 제대로 나왔기 때문이었다.

"우리 국무처장에게도 한 장 보내 주세요. 아마도 오늘 사진의 얼굴이 아주 잘 나왔을 것 같네요."

교황의 조크와 함께 그의 방문이 끝났다.

"셰프님."

주희가 윤기 핸드폰 화면을 열었다. 윤기 폰으로 찍은 까닭이었다. 교황은 떠난 게 아니었다. 거기 사진으로 남아 있었다.

"팀장님, 조심하세요. 삭제되면 어떡해요?"

창혁이 소리쳤다.

"그건 그렇고 내가 한턱 쏠 차례네?"

윤기가 두 사람을 바라보았다.

"뭐 쏘실 건데요?"

"교황님 세트 어때?"

"진짜요?"

"대신 퇴근이 늦을지도?"

"그깟 퇴근이 문제예요? 밤을 새워도 괜찮아요."

주희가 소리쳤다.

"그럼 프라이빗 룸에 세팅 좀 하세요. 사람은 다섯."

"다섯? 누가 또 와요?"

"이미 왔네요."

윤기가 입구를 가리켰다. 이상백의 차가 들어서고 있었다.

"우워어엇, 교황……."

사진을 본 이상백이 뒤집어졌다.

"조심하세요. 삭제되면 큰일나요."

창혁은 여전히 걱정스러웠다.

"셰프님, 요리는요?"

"이 기자님도 우물에서 숭늉 내놓으라 하실 분이시네? 일단 들어가서 기다리세요."

"뭘 기다려요?"

"교황님의 요리요? 궁금하다면서요?"

"지금 만들려고요?"

"사진보다야 실물이죠. 내가 우리 팀장님하고 창혁이, 순지 씨한테 요리해 준다고 약속했거든요. 타이밍 좋은 줄 아세요."

"이야, 기다린 보람 제대로네."

이상백은 아이처럼 좋아했다.

"쥐치의 간으로 만든 테린입니다."

첫 번째 요리부터 이상백이 뒤집혔다.

"쥐치 간 테린?"

"네."

"척 봐도 푸아그라인데요?"

"눈 감고 먹으면 맛도 비슷할 겁니다. 조금 소박하고, 조금 검소할 뿐이죠."

"잠깐만요."

이상백이 카메라를 들이댔다.

"사진은 따로 있습니다. 맛부터 보세요."

"그 사진하고 다르죠. 그건 교황이 먹은 거고 이건 죄 많은 인간 이상백이 먹는 거잖아요? 집에 가서 아내에게 자랑도 해야 하고……."

찰칵.

사진이 박혔다.

다음으로 매생이 수프를 냈다.

"시장통에 굴러다니는 매생이도 이렇게 나오니까 쓰리 스타 메뉴 이상이네요?"

이상백의 흥분 게이지는 지칠 줄 모르고 상승 모드를 그렸다.

다음으로 푸틴을 먹고 간장 카라기난을 먹었다. 그 소감이 좋았다.

"새콤하게 익은 김치에 아삭하게 씹히는 마 채, 이거 환상이네요. 중독성 있는데요?"

"저도요, 안주로도 그만이겠어요."

주희도 마음에 드는 모양이었다.

바로 양주 한 병을 까 주었다.

쿨리비악과 리에브르가 이어졌다.

"앙증맞네, 앙증맞어."

이상백의 감탄이 이어진다.

"교황의 식사량에 맞춘 분량입니다. 딱 10% 정도 오버했어요. 그래야 남기지 않고 먹을 수 있거든요."

"맙소사."

"하지만 이 기자님 분량에는 맞춰 드리지 못합니다. 아시죠? 기자님 지금 기세는 이거 5인분도 문제없을 것 같거든요."

"아이고, 10인분도 먹을 것 같지만 이걸로 만족합니다. 교황의 메뉴를 먹는 영광, 아무나 누립니까?"

이상백의 입으로 리에브르가 들어갔다.

"소스가 예술이네요. 어떻게 보면 흰쌀죽 국물처럼 포근한 맛이고 또 어떻게 보면 어머니 젖 냄새 같기도 하고……."

이상백의 음미도 길었다. 첫맛보다 끝맛의 여운이 오래가는 소스. 오늘 윤기가 교황에게 던진 진짜 승부수였다.

메인보다 아름다운 서브. 교황은 그 메시지를 제대로 읽었다. 그것으로 교황의 무게를 위로했고 동시에 메인이 아닌 삶을 살아가는 많은 사람들의 향기를 전했다. 요리를 통한 소통, 그것이었다.

[요리로 나눈 교감]

이상백의 취재 메모 중의 하나였다. 기자답게 문맥이 우아해졌다. 그도 윤기의 요리를 이해한 것이다.

"셰프님, 이것도 정식 메뉴에 올릴 건가요?"

주희가 물었다.

"그래야 할 것 같은데요?"

실은 마음속에 남기고 싶었다. 그런 메뉴 하나쯤은 있어도 좋다. 하지만 교황이 어떤 자리인가? 어차피 메뉴가 될 바에는 미리 각오를 하는 게 좋았다.

다음 날, 리폼 호텔과 미식하우스는 아수라장이 되었다. 기자들 때문이었다. 원인 제공은 교황이 했다. 한국을 떠나며 한 기자회견 때문이었다.

―가장 인상 깊은 일은 무엇이었습니까?

기자가 물었다.

―판문점과 남북의 주민들입니다. 보이지 않는 벽에 얽매이지 않고 평화의 마음으로 장벽을 건너시기를 기도합니다.
―한국의 인상은 어땠습니까?
―활기차고 친절하고, 생기가 가득했어요.
―청와대 오찬은 어땠습니까? 어떤 요리가 기억에 남으시나요?
―좋았습니다. 하지만 제 기억에 남은 건 다른 요리입니다.
―그렇다면 숙박한 호텔 요리입니까? 어떤 메뉴였을까요?
―소박한 리에브르와 작은 쿨리비악, 그리고 소탈한 전채들… 제 마음에 깊은 무늬로 새겨졌습니다.

교황의 답이었다.

기자들은 그 메뉴의 출처를 웨이브 호텔로 생각했다. 교황이 2박을 한 호텔이기 때문이었다. 그런데 그 호텔에는 그런 메뉴가 없었다. 주방장에게 확인을 해도 마찬가지였다.

"선배님."

한 기자가 이상백을 바라보았다. 최고의 미식 기자로 자리매 김한 이상백. 그라면 알 것 같은 예감이 든 것이다.

"송윤기 셰프."

이상백의 답이었다. 동시에 그는 원고 전송의 엔터키를 살포 시 눌렀다.

교황이 떠나자 기자들이 바빠졌다. 그들의 목적지는 리폼 호 텔이었다.

가는 길에 이상백의 기사가 인터넷에 올라왔다.

[소탈한 교황과 소박한 요리의 만남]

[메인보다 아름다운 서브로 교황이 전하는 메시지 부각]

[교황과 젊은 셰프, 요리 하나로 교감]

[교황은 왜 송 셰프의 미식하우스였을까?]

기사는 네 개의 소타이틀로 나뉘어 전개되었다. 전채의 사진 과 메인의 요리가 선명했다. 그 가운데 윤기와 교황의 사진이 놓 였다. 교황이 식사한 테이블도 나오고, 주희가 본 교황의 모습도 묘사가 되었다.

미식하우스 앞은 이미 인산인해를 이루고 있었다. 기자들보다 먼저 도착한 신자들 때문이었다.

"교황님이 앉았던 자리라도 보게 해 줘요."

이구동성이다.

신자들은 수백 명도 넘었다.

그 앞은 육 팀장이 이끄는 보안 팀이 막고 있었다. 한 명을 제외하고 전원 비상 출동을 시켰다. 질서 유지를 위해 경찰까지 출동했으니 소란이 말이 아니었다.

"KBC 기자입니다. 들어가게 해 주세요."

"JTBS에서 나왔어요."

기자들이 목청을 높이지만 육 팀장은 끄덕도 하지 않았다.

절대 엄금.

윤기의 엄명이 떨어진 것이다.

"셰프님, 기자들까지 몰려왔어요."

창혁이 바깥 풍경을 윤기에게 전했다.

"쉬잇."

윤기가 조용하라는 사인을 주었다. 메인 홀에 세 테이블의 손님이 있었다. 교황이 앉았던 테이블에도 한 팀이 앉았으니 이지용의 아내 설지아와 그녀의 지인 둘이었다. 어떤 특혜로 앉힌 것은 아니었다. 예약 순번대로 배정한 것뿐이었다.

"세상에나, 여기가 교황이 앉았던 자리예요?"

설지아와 지인들은 어쩔 줄을 몰랐다.

"그 의자였어요."

순지가 지인의 의자를 가리켰다.

"어머나, 가문의 영광이네. 나 사진 좀 찍어야겠어요."

조신하던 지인이 핸드폰을 꺼내 들었다.

"아유, 어쩐지 어젯밤 꿈이 좋더니… 나 올해 소원 성취 하겠네. 이게 다 설 여사 덕분이야."

"빨리 찍고 양보 좀 해요. 나도 한 장 찍어 가게."

옆의 지인이 재촉한다. 그러자 옆 테이블의 손님들 요청도 이어졌다.

"미안하지만 우리도 한번 안 될까요?"

그 요청 위에 또 다른 요청이 쌓였다.

"요리 말이에요. 교황님이 먹은 것 중에서 아무거나 되는 대로 추가하고 싶어요."

세 테이블 손님들이 입을 모았다.

기자들만 바빴다. 미식하우스가 막히자 본관인 리폼 호텔로 달려갔다. 특별한 게 나오지 않자 메뉴를 캐묻는다. 그사이에 미식하우스의 런치가 끝났다. 그제야 취재가 허용되었다.

기자들은 미식하우스의 곳곳을 헤집고 다녔다. 교황이 내린 자리를 시작으로 동선 전체를 그물망처럼 훑었다.

식사 습관부터 요리에 대한 평, 심지어는 리에브르를 몇 입에 먹었냐는 질문까지 나왔다. 그때 교황의 테이블을 차지한 여기자가 신박한 요청을 해 왔다.

"여기 교황님 정찬 세트 주세요."

"어? 나도요."

"나도 신청입니다."

기자들이 우르르 동참을 한다. 윤기의 대답은 간단했다.

"죄송하지만 우리 호텔과 미식하우스는 예약제입니다."

"그럼 지금 예약받으세요."

"죄송하지만 지금 예약하면 6개월 후에 드실 수 있습니다만."

"……."

기자들의 소란은 종결되었다. 하지만 예약 전쟁은 그때부터 시작이었다. 결국 또 서버가 터지고 말았다. 터진 서버만큼이나 많은 축하 문자를 받았다.

"송 셰프."

엔딩 장식은 어머니의 몫이었다. 디너 특식까지 마치고 돌아가자 어머니가 반색을 했다.

"아직 안 잤어?"

"우리 송 셰프 보고 자려고."

"초저녁 잠이 많아서 죽겠다더니……."

"우리 송 셰프가 교황을 만났다고 난린데 그깟 잠이 문제야?"

"사모님에게 들었지?"

"그래. 송 셰프 덕분에 지인들에게 힘 좀 줬다고 하시던데?"

"타이밍이 좋았지 내가 해 드린 건 없어. 그런데… 된장찌개 냄새 나네?"

윤기가 고개를 들었다. 식탁 쪽이었다.

"일찍 오면 주려고 끓여 놨는데 식었어."

"잘됐네요. 그러잖아도 출출한데……."

"잠깐만, 금방 데워 줄게."

어머니가 가스 불을 댕겼다.

된장국에 참나물, 머위장아찌와 오이소박이, 오색물김치에 꽁치구이가 전부인 밥상. 교황의 쾌거 때문인지 호텔의 진미보다도 맛이 좋았다. 맛의 기원은 어머니의 마음이다. 이래서 세계적인 셰프들은 생애의 마지막 식사로 가정요리를 원한다. 바로 어머니의 손맛이다.

된장찌개를 떴다. 국물이 끝내준다. 뜨끈한 채로 서너 번을 거푸 퍼 넣었다. 피로가 단숨에 풀려 나간다. 그러다 문득, 교황처럼 숟가락을 멈췄다.

이 푸근함.

교황의 느낌이 이런 것이었을까? 아마 그랬을까?

"엄마."

윤기가 어머니를 바라보았다.

"응?"

"나 아직 요리 잘하려면 멀었나 봐."

"무슨 소리야? 사모님하고 회장님 말이 우리 송 셰프, 세계 어디에 내놓아도 안 빠진다고 하셨는데?"

"하지만 엄마 음식처럼 정감이 없어."

"지금 엄마 놀리는 거지?"

"그건 아니고… 엄마는 뚝딱하면 맛나고 정갈한 요리가 나오는데 내 요리는 요란하잖아? 시간도 많이 걸리고."

"교황의 말은 그렇지 않던데? 내가 그분 인터뷰에 이상백 기자님 기사까지 다 읽어 봤거든."

"나 진심인데……."

"송 셰프."

"아무튼 그렇다고."

윤기가 뚝배기를 기울였다. 안에 남은 국물을 다 떠먹었다. 잘

하면 뚝배기를 들고 마실 판이었다.

"잘 먹었습니다."

어머니에게 인사를 하고 방으로 들어왔다. 스케줄 표에 별표가 보인다.

'아차.'

윤기 머리에 불이 반짝 켜졌다.

오늘이 그날이었다. 레이첼의 특집 방송 1탄이 나가는 날… 서둘러 USTVNOW 사이트로 들어갔다.

이 사이트에 들어가면 미국 방송을 실시간으로 볼 수 있다. 회원가입만 하면 끝. ABC, CBS, CW, PBS, MY NETWORK TV 등 다섯 가지 방송 시청이 가능하다.

일단 채널을 맞춰 두었다. 그때 전화가 한 통 걸려 왔다. 화요였다. 그도 교황 기사를 본 걸까?

―셰프님.

그랬나 보다. 목소리 톤이 높았다.

"무슨 일이죠?"

시치미를 떼고 물었다.

―유레카예요, 유레카.

"네?"

―셰프님 요리 말이에요.

"으음, 기사 보셨군요?"

―기사요? 무슨 기사요?

"…아니에요?"

―지금 어디 계세요. 미식하우스로 달려왔는데 문이 닫혀

있어요.

"화요 씨, 지금 시간이……."

―미안해요. 제가 시간을 잊어버렸어요. 상품화 샘플 말이에요. 셰프님 평가받고 온 후로 지금까지 연구실에서 계속 밤을 새웠거든요. 그리고 마침내 제대로 된 샘플을 만들었어요. 그래서 앞뒤 가리지 않고 달려왔는데…….

화요 목소리는 금세라도 폭발할 기세였다.

*　　　　*　　　　*

"셰프님."

화요는 미식하우스 앞에 있었다. 윤기 차가 도착하자 깡총거리며 두 팔을 흔들었다.

"들어가죠."

윤기가 미식하우스의 불을 밝혔다.

"보세요."

그가 샘플을 열어 놓았다. 굉장히 많았다. LGY 스테이크와 동결함침법 스테이크가 10개도 넘어 보였다.

"왠 걸 이렇게 많이?"

"하나만 먹어 봐서는 모르잖아요? 저 며칠 사이에 이거 100개는 먹어 본 거 같아요."

화요가 배를 두드린다. 그러고 보니 살도 쪄 보였다.

"저 비만이 되어도 괜찮아요. 셰프님의 맛만 제대로 살릴 수 있다면."

"중간중간 과정에 부르신다더니?"

"그럴까 했는데 민폐 같아서요. 어차피 셰프님이 주신 샘플 성분 분석이 있으니까 그걸 참고로 삼았어요. 하루 두 번 이상 리폼 호텔의 LGY도 구매해다가 비교했고요."

헐.

말문이 막혔다. 이 여자, 완전히 올인하고 있었다.

"그런데 무슨 일이 있어요? 제가 도착했더니 사람들이 이 앞에서 웅성거리더라고요."

교황 일은 모르는 눈치다. 이렇게 올인했다면 그게 당연했다.

"일단 시식부터 하죠."

프라이빗의 테이블, 윤기가 나이프와 포크를 들었다. LGY 스테이크부터 한 점 잘랐다. 특제 보온 상자 덕분인지 아직 따끈했다. 핑크센터가 생생하다. 확실히 지난번 것보다 나아 보였다.

그렇다면 맛은?

"으음……."

입안에 물고 천천히 저작을 했다. 한 입 씹으니 육즙이 화끈하게 퍼진다. 맛있다. 시어링도 괜찮고 숯불 맛도 제대로 배었다. 그렇다고 MSG 같은 것을 첨가한 것도 아니었다.

"어때요?"

"잠깐만요."

세 점을 먹고 동결함침 스테이크로 옮겨 갔다. 나이프를 대자 저절로 벌어지는 느낌이다. 포크로 찍으니 마치 청포묵이나 푸딩처럼 야들거린다. 식감도 좋았다. 아이스크림에 버금갈 정도로 사르르 녹아 버렸다.

하나하나 꼼꼼히 맛을 보았다. 단 하나도 빼놓지 않았다. 마치 요리 대회의 출품작 심사를 방불케 하는 시식이었다.

"괜찮아요?"

화요가 대답을 재촉한다.

"제대로 업그레이드인데요?"

윤기의 소감이었다.

"아싸."

화요가 주먹을 불끈 쥐며 좋아했다.

"샘플을 시간대, 일자별로 분석했어요. 그러다 두 가지 문제점을 발견했죠. 첫째는 향미였어요. 셰프님의 스테이크는 굽자마자 먹게 되지만 이 상품은 아니잖아요? 시간이 지나면서 향미가 증발되더라고요. 나아가 굽는 정도도요. 소비자가 나중에 한 번 더 데우게 되니 그 또한 변수가 되더라고요. 맛을 결정하는 숙성육도 문제가 있더군요. 유통 과정을 고려하니 셰프님의 숙성육보다 3일 정도 덜 숙성된 게 최적의 데이터로 나왔어요."

화요가 열변을 토한다. 반셰프가 다 된 모습이었다.

"포장도 최적 방향을 찾았어요. 피자 고정대 같은 것으로 고정하고 삼각김밥 포장을 응용해 속포장을 했어요. 그랬더니 오리지널에 가까워지더라고요. 어머?"

설명하는 화요 입에 스테이크 한 점이 들어왔다.

"셰프님."

"수고한 대가예요."

"저 합격이에요?"

"싱크로율 90% 이상이네요. 깊은 맛은 조금 약하지만 첫 풍미는 거의 같아요. 이 정도면 우리 호텔 테이블에 올려도 여간한 미식가가 아니고서는 구분하지 못할 것 같네요."

"정말이죠?"

"네."

"와아, 고마워요."

화요가 윤기에게 안겨 버렸다. 너무 기쁜 나머지 감정을 주체하지 못하고 있었다.

"화요 씨."

"어머."

놀란 화요, 얼굴을 붉히며 윤기에게서 떨어졌다.

"죄송해요."

"아뇨. 괜찮습니다."

"오늘은 몇 점 주실 건가요?"

화요 눈이 반짝거린다. 발표 점수를 기다리는 어린아이가 따로 없었다.

"50점요."

"네?"

자신감으로 차오르던 화요 얼굴이 하얗게 굳어 버렸다. 50점은 지난번 점수였다. 그런데 여전히 50점이라니?

"50점은 지난번에 드렸잖아요? 그러니 오늘 50점하고 합치면 100점?"

"그럼 100점이에요?"

"네, 100점 드립니다."

"셰프님."

화요가 휘청 흔들렸다. 그새 해쓱해진 모습이 얼마나 강행군을 한 건지 짐작게 했다. 그 긴장이 풀리니 피로가 달려든 것이다. 윤기가 화요를 부축했다.

"정말 100점이죠?"

화요가 확인을 해 왔다.

"네."

"저 봐주는 거 아니죠?"

"다른 건 몰라도 맛은 봐주지 않아요. 내가 봐줘도 소비자들이 알아차릴 거니까."

"실은 소비자들에게도 시식을 마쳤어요. 딱 1,000명 채웠거든요."

"1,000명이나요?"

"원래는 10,000명 채우고 싶었는데 시식회 하다가 제가 쓰러지는 바람에……."

"……."

"9,000명 더 할까요?"

"아뇨. 그만해도 될 거 같아요. 진짜 제대로 나왔어요."

"셰프님……."

결국 화요의 눈물이 터졌다. 그래도 오래 울지는 않았다. 딱 두 방울 흘린 뒤에 바로 수습이 되었다.

"그런데 아까부터 셰프님 전화기가 분주해요."

"아, 그게……."

윤기가 핸드폰을 확인했다. 그새 또 진동이 울렸다. 전화에 문자, 그리고 카톡의 홍수였다.

"무슨 일 있죠? 그렇죠?"

"그게 말이죠?"

"중요한 일이 있는데 제가 방해를 한 건가요?"

"아니… 실은 어제……."

윤기가 교황의 일을 자백(?)하기 시작했다.

"교황이요? 저기 저 자리에서요?"

놀란 화요가 메인 홀을 돌아보았다.

"화요 씨, 지금 너무 흥분하고 있잖아요."

"그게 대수예요? 그러니까 셰프님이 여기서 교황을 모셨다고 요?"

"네."

"그게 대서특필되는 바람에 한바탕 홍역을 치렀고요?"

"그래요. 화요 씨가 본 사람들, 아마 신자들이나 잡지사 기자들이었을 거예요."

"맙소사, 저는 그것도 모르고……."

"연일 밤을 새웠다면서요? 그러니 모르는 게 당연하죠. 게다가 제가 보안을 철저히 지켰고요."

"축하해요, 셰프님."

"뭐, 그 정도면 화요 씨가 개발한 스테이크 시제품 내는 데 도움이 되려나요?"

"도움만 되겠어요? 초대박이죠."

"실은 그것 말고도 할 일이 또 있는데……."

윤기가 시계를 바라보았다.

"뭔데요?"

"미국 푸드 방송 레이철 쇼요. 지금 제 특집편 나올 시간이거든요."

"악."

비명과 함께 화요가 주저앉았다.

"화요 씨."

윤기가 화요를 부축했다.

"죄송해요. 셰프님."

"천만에요. 지금부터라도 보면 되죠. 혼자 보면 좀 그랬을 텐데 같이 볼래요?"

"셰프님이 원하시면 얼마든지요."

화요가 환하게 웃었다.

톡.

USTVNOW 사이트에서 미국 방송을 세팅했다.

"벌써 나오고 있어요."

화면에 레이철이 나오자 화요가 상체를 일으켰다. 프라이빗 룸의 작은 거실, 둘은 작은 소파에서 시청에 들어갔다.

[피난치에라 수프]

그게 나오고 있었다. 방송이 시작된 지 15분 정도 경과. 그대로 다행히 아직 시작 부분이었다.

"송 셰프가 빠졌다는 와인이 뭐죠?"

화면 속 레이철이 윤기를 몰아붙인다. 세븐스 헤븐 와인 구간이었다. 윤기는 수프에 들어간 와인이 프린스 골리친이 만든 1880년산 세븐스 헤븐이라고 주장하고 있었다.

요리가 시작된다. 조리하는 윤기 아래로 영어 자막이 나간다. 식재료가 나오자 웃음소리 효과음이 커졌다.

[수탉 벼슬에 양의 가슴샘, 췌장, 나아가 송아지 고환······.]

정말이지 웃지 않을 수 없는 구성이었다.

이탈리아 피에몬테 지방의 토속 음식이라는 설명도 이어진다.

영상으로 보니 녹화할 때와 분위기가 달랐다. 하나하나 만들어진 요리의 플레이팅을 마친 기분이랄까? 편집의 마력이었다.

요리하는 사이사이에 사무엘과 전문가들의 평가가 이어진다. 녹화장에서는 없었던 분위기였다.

—안드레아 위텡의 요리를 제대로 익혔네요. 식재료를 다듬는 손길과 레시피를 아우르는 과정이 거의 판박이입니다.

사무엘의 인증이 나왔다.

—피난치에라는 재료의 손질에 더불어 익히는 과정도 중요하죠. 먼저 다뤄야 하는 식재료가 정해져 있는데 단 한 과정도 틀리지 않습니다.

전문가의 평가도 이어진다.

—Oh, shit.

시식 장면에서 레이철의 캐릭터가 제대로 나왔다. 숟가락을 던지며 하는 열폭이었다. 그 화면이 백미였다. 초대 셰프의 요리 못지않게 부각되면서 프로그램의 분위기를 살리고 있었다.

이제 열다섯 개의 육류 패티 차례였다. 윤기가 미션에 도전한다.

—저 레이철이 특집 방송편을 위해 만든 독창적인 셰프 능력 체크 미션. 비글의 후각이 아니면 절대 구분할 수 없는 고난이도입니다.

레이철이 핏대를 올릴 때 화요가 중얼거렸다.

"저 장면에서 굉장히 가슴 졸였어요."

"실패하는 줄 알았어요?"

"아뇨. 그래도 셰프님을 믿었어요."

화요 목소리와 반대로 레이철의 욕설이 높아진다.

—Oh, shit.

윤기가 패티의 기원을 제대로 구분해 놓은 것이다.

—우유 냄새가 났어요. 엄마 젖을 먹은 송아지가 틀림없어요.

윤기가 돋보일수록 레이철의 욕설 억양이 올라갔다. 그때마다 효과음도 높아진다. 어떻게 보면 어수선하지만 그게 바로 레이철 쇼의 매력이었다.

이제 1392년의 오리지널 슈톨렌과 로빈후드 새끼염소탕 차례다. 윤기의 요리 재현과 함께 히스토리와 스펙에 대한 소개가 이어진다.

"응?"

윤기가 시선을 세웠다. 쉐쓰총 회장의 인터뷰였다.

—신의 손이죠. 그의 요리를 먹으면 식재료들의 속삭임까지 먹는 기분입니다. 식재료의 저 깊은 곳, 그 안에 담긴 맛까지 끌어내는… 제가 사업차 100여 나라를 돌면서 요리를 즐겼지만 그중 단 한 사람의 셰프를 꼽으라면 바로 송윤기 셰프입니다.

—송 셰프 요리는 악마의 요리예요. 한 입을 먹으면 세 입을 먹게 되고, 그러다 보면 요리가 사라져 버립니다. 어디로 갔겠어요? 내 배 속으로 들어간 거죠. 치명적인 중독성의 맛, 그런 걸 만드는 송 셰프는 요리의 악마가 분명해요. 사람들의 미각을 지배하려는 요리 악마의 재림 말이에요.

이번에는 벨몽도였다. 와일드 요리기사단의 고문이다. 쉐쓰총회장의 인터뷰는 예상했지만 벨몽도의 인터뷰는 뜻밖이었다.

프로그램은 마무리를 향해 달린다.

화면에는 이제 로빈후드의 염소탕 장면이 나오고 있었다. 레이철은 의기양양하다. 레시피를 알고 있는 레이철. 그렇기에 자막조차 그녀의 편으로 흐르고 있었다.

윤기의 손에서 염소고기와 베이컨이 다듬어진다. 함께 들어가는 월계수와 육두구, 계피를 다루는 손길도 한없이 정갈하다.

보글보글.

맛깔스레 끓고 있는 염소탕과 함께 반가운 얼굴의 인터뷰가 나왔다. 폴 보스키였다.

—나는 셰프로 살아온 내 인생이 축복이라고 생각합니다. 맛난 요리로 많은 사람들을 행복하게 만들었고 많은 후배를 양성해 더 맛있는 세상에 기여했어요. 내가 그걸 확신한 건 내 생의 끝머리에 놀라운 셰프를 만났기 때문입니다. 발상의 전환에 더불어 식재료의 특성을 해석하는 방식이 탁월한 이 셰프, 그가 내 생애의 마지막 황금보스키상을 가져간 건 정말이지 신의 축복이 아닐 수 없습니다. 여러분은 앞으로도 계속 맛있는 요리를 먹게 될 확률이 높아졌다는 뜻이니까요.

보스키의 해설을 따라 윤기의 손이 클로즈업되었다. 손에 들린 칼이 선명하다. 거기 폴 보스키의 사인이 보였다.

—제 칼이 맞습니다. 제가 선물로 주었죠. 저보다 훌륭한 셰프를 찾아간 거 같아 진심으로 행복합니다.

인터뷰하는 보스키, 장소는 병실이었다. 해설자의 해설이 이어진다.

—폴 보스키 셰프는 지금 시한부 삶을 살고 있습니다. 하지만 그는 외롭지 않다고 합니다. 세상을 아름다운 미식으로 수놓아가는 후배 셰프들 때문이죠. 특히 송 셰프 같은…….

'폴 보스키…….'

윤기 뇌리에서 더 생생해진다. 한참 동안 심쿵했다. 정말이지 보글거리는 염소탕보다도 따뜻한 말이 아닐 수 없었다.

—Damn it. 그게 무슨 개같은… 당신들 다 짜고 나왔어요?

윤기의 승이 선언되자 레이철의 목소리가 다시 튀었다.

—컷, 그 카메라 좀 치워요. 먹을 때는 개도 안 건드린다고요.

시식에 빠진 레이철이 카메라를 향해 얼굴을 들이댄다. 어느새 익숙해진 레이철의 열폭 연기. 중독성이 높았으니 차라리 귀여울 뿐이었다.

"끝나는 것 같은데요?"

윤기가 화요를 돌아보았다.

"……?"

그 자세로 멈췄다. 화요는 윤기 어깨에 기댄 채 잠들어 있었다.

"화요 씨."

살짝 건드려 보지만 그녀는 움직이지 않았다. 피로가 제대로 쌓인 모양이었다.

'어쩐다?'

너무 곤하게 자니 깨울 수도 없었다. 얼마나 지났을까? 윤기가 일어나 자리를 편하게 해 주려 하자 화요가 윤기 팔을 잡았다.

"화요 씨?"

"그냥 있어 주면 안 돼요?"

화요가 잠결처럼 중얼거렸다. 그러더니 또 잠이 들어 버린다. 난감한 풍경으로 밤이 깊어 갔다.

*　　　*　　　*

화요.

그 밤에 윤기는 또 하나의 세계를 배웠다. 여자라는 세계였다. 화요의 향은 어떤 요리의 매력보다도 아름답고 깊었다. 새벽이 밝아 오는 동안 둘은 하나가 되었다. 윤기에게는 레이첼 쇼보다 더 축복된 시간이었고 화요에게는 LGY 스테이크의 상품화 성공보다도 빛나는 시간이었다.

여체의 탐닉은 어떤 요리의 과정과도 비교되지 않았다. 천하의 진미를 다 준다 해도 바꾸고 싶지 않은 시간이었다.

윤기는 화요라는 세계를 향해 달려갔다. 끝인 것 같으면서 끝이 없는 그 설렘. 거듭되는 설렘의 폭발 안에서 아침을 맞았다.

"셰프님."

창밖으로 먼동이 트자 화요가 윤기 품에 얼굴을 묻었다. 둘은 어느새 침대 위에 있었다. 프라이빗 룸은 숙식이 가능한 공간이었다.

화요 입술에 가만히 키스를 했다. 한 번으로 끝나지 않았다. 화요도 그냥 있지 않는다. 윤기 볼을 잡고 화답을 한다. 찰랑이는 아침 햇살과 함께 한 번 더 화산이 폭발했다. 화요와 또 한 번 통한 것이다.

미녀는 잠꾸러기?

그 말이 맞는 걸까?

화요는 더 잤다. 살짝 벌어진 커튼 사이로 햇살이 들어오자 그제야 눈을 떴다. 햇살 때문이 아니었다. 은은하게 풍겨 오는 요리 냄새 때문이었다.

"셰프님."

프라이빗 룸의 주방으로 화요가 나왔다.

"일어났어요?"

윤기가 돌아보기도 전에 화요가 뒤에서 안았다.

"식사해야죠?"

"저를 위해 하신 거예요?"

"아침 요리는 처음이네요. 여기 미식하우스에서……."

"고마워요."

화요의 키스가 윤기의 볼에 찍혔다.

"저쪽에 욕실이 있어요. 수건이나 비누 같은 건 마음에 들지 않을지도 몰라요."

"아무거라도 황송해요."

화요가 욕실로 향했다.
그사이에 식탁을 차렸다.

[오이 샐러드]
[퀸 수프]
[닭고기 라비올리]

요리는 세 가지로 단출했다. 세팅을 할 때 어머니의 문자가 들어왔다.

[새 메뉴 만드느라 밤을 샌 거야? 아침은 잘 챙겨 먹고.]
[알겠어요. 곱빼기로 먹을게요.]

답문을 보냈다. 애인이 생기면 부모에게 거짓말을 하게 된다더니, 윤기가 딱이었다.

"와아."

샤워를 하고 나온 화요가 몸서리를 친다. 심플하지만 기품이 서린 요리 때문이었다.

"이건 못 보던 메뉴 같은데 셰프님의 아침 루틴인가요?"

"화요 씨가 피곤한 것 같길래 위로 삼아 만들어 봤어요."

"저 밤에 코 골았어요?"

"글쎄요, 못 들었는데요?"

"아우, 코 골았으면 어쩌지?"

"먹어요. 식기 전에."

윤기가 접시를 밀어 주었다.

"닭고기죠? 그리고… 아몬드와 로즈메리, 파슬리에 월계수 냄새도 나고… 석류하고 피스타치오 냄새도 나요."

"이제 귀신 다 되었네요. 미식가로 나가도 되겠어요."

"셰프님 요리 상품화하려다 보니 셰프님 요리 좀 팠거든요. 이런 컨셉이면 옛날 요리 쪽이던데?"

"맞아요. 샐러드는 시바의 여왕이 먹던 거고 수프와 라비올리는 16세기 카틀린 여왕의 요리예요."

"여왕이 먹던 요리 세트들이에요?"

"네."

"황송해라."

"여왕들보다 더 열심히 일했으니 먹을 자격 있어요."

"셰프님……."

"솔직히 이렇게 빨리 성공할 줄은 몰랐어요."

"저도요. 그런데 올인하니까 되더라고요."

"화요 씨도 이쪽 체질인가 보네요."

"하지만 죄송해요."

"뭐가요?"

"어젯밤 레이철 쇼요. 보다가 잠이 들어 버렸어요."

"괜찮아요. 저도 그랬는 걸요 뭐."

"정말요?"

"교황 모신 후에 기자들까지 법석을 떨다 보니 피곤했었나 봐요. 화요 씨 잠에 바로 전염되었지 뭡니까?"

"아, 하필이면 그때 잠이……."

"유튜브에서 보면 되잖아요?"

"반응은 어땠어요? 레이철 쪽에서 연락 안 왔어요?"

"말로는 굉장했다고 하던데요?"

"정말요?"

"화요 씨 덕분이에요. 그날 응원 많이 해 줬잖아요?"

"그건 맞아요. 저 그날 심장 여러 번 멎었었어요."

"그 빚까지 다 갚는 요리예요. 그러니 많이 먹어요."

"한 번에 다 받고 싶지 않은데……."

화요가 볼멘소리로 웅얼거렸다.

"그럼 다음에 또 해 드릴게요."

"정말이죠?"

"네."

"그럼 마음 놓고 맛나게 먹겠습니다."

화요가 식사를 시작했다. 수프를 몇 입 먹더니 윤기를 바라본다. 라비올리를 먹을 때도 그랬다. 한 입 두 입 먹고는 또 윤기를 바라본다.

"내 얼굴에 뭐 묻었어요?"

윤기가 본능적으로 입술을 쓸었다.

"저는요?"

"육두구꽃이 한 조각……."

"어머."

"농담이에요."

화요가 놀라자 윤기가 바로 수습을 했다.

"이 라비올리 말이에요, 실례지만 로얄 쿨리비악보다 더 맛이 좋아요."

"다행이네요."

"아흠, 너무 잘 먹었다. 그동안 쌓인 피로가 싹 풀린 거 같아요."

음료를 마신 화요, 아이처럼 꾸벅 인사를 하고 일어섰다. 아침 해가 넉넉해졌다. 순지와 창혁이 올 시간이었다. 화요도 그걸 아는 눈치였다.

"셰프님."

"네?"

"상품은 곧 출시될 거예요. 저 아직 사업 초짜지만 물 들어올 때 노 저으라는 말은 알거든요. 출시 준비가 완전히 끝나면 모실게요. 공정을 한번 점검해 주세요."

"기꺼이."

"출시가 성공하면 아까 약속하신 거 지켜 주세요."

"문제없어요."

"그럼 저 가요."

화요가 다가왔다. 윤기의 이마에 키스를 남긴다. 그녀의 향이 윤기에게 옮겨 온다. 꽉 차 있던 마음이 돌연 아쉬워진다. 차 앞의 화요가 손을 흔든다. 윤기도 손을 들어 화답했다.

"셰프님."

"깜짝이야."

잠시 넋을 놓고 있다가 화들짝 놀랐다. 순지였다.

"언제 오신 거예요? 오늘 일찍 오신다는 말 없었잖아요?"

"응? 아, 그게……."

"아침 예약 손님 있었어요?"

순지의 시선이 테이블로 향한다. 거기 식사의 흔적이 남았다.

"응? 응……."

"이제 아침 예약도 받으시는 건가요?"

"아, 아니… 갑자기 그렇게 되었어."

"저 일찍 나오라고 하시지 그랬어요."

"그게… 갑자기 부탁이 들어와서……."

"그런데 얼굴은 왜 그렇게 빨갛대요?"

"……?"

"아참, 어젯밤에 레이첼 쇼 봤어요. 셰프님 너무 멋지게 나오던데요?"

"그랬어?"

"오늘 또 본관 홈페이지 다운될 거 같아요. 제가 레이첼 쇼 끝나고 들어가 봤는데 그때 벌써 버벅거리더라고요."

순지가 테이블을 정리한다. 그사이에 핸드폰이 울렸다. 화요의 카톡이었다.

[피곤하게 해서 죄송해요]
[그래도 저는 너무 행복했어요]
[셰프님도 그러기를 바라요]

이상한 일이다. 문자에서도 화요의 향과 기분이 느껴진다. 답문자를 보냈다. 다른 날과 달리 문구 하나 선택하는 데도 오랜 시간이 걸렸다. 하지만 이 나른한 기분을 오래 향유하지는 못했다. 그새 쌓인 문자와 카톡 때문이었다. 레이철 쇼를 본 사람들이 그냥 넘어가지 않은 것이다. 다 읽지도 못하고 핸드폰을 꺼버렸다. 행복한 자구책이었다.

"셰프님."

순지가 꽃다발을 들고 들어왔다.

"웬 꽃?"

"하나가 아니에요."

순지가 테이블을 가리켰다. 거기 10여 개의 꽃다발이 윤기를 기다리고 있었다. 카드를 보니 김혜주의 것이었다. 설지아 여사와 김민영, 심지어는 전임 설 대표의 것도 있었다. 호텔에서는 장 부사장이 보냈다. 레이철 쇼 방영을 축하하는 꽃이었다.

"송윤기 셰프야."

출근 시간, 본관에 들어서자 아침 식사를 하러 내려온 투숙객들이 윤기를 알아보았다.

"사인 좀 해 주세요."

여자들 세 명이 우르르 몰려왔다. 레이철 쇼 때문이 아니었다. 이제는 얼굴이 알려진 윤기. 사인 요청은 흔한 일이 되고 말았다.

짝짝.

메인 주방 복도에 들어서자 박수가 쏟아졌다. 장 부사장에 구 총주방장, 에르베에 진규태, 주희와 이리나까지 출석 체크를 했다.

"아, 참 쑥스럽게 왜들 이러세요, 일하세요, 일."

윤기가 얼굴을 붉혔다.

"레이철 쇼에 아무나 나오나? 한턱이나 쏘시죠?"

에르베의 너스레였다. 뒤쪽 문장은 완벽한 한국어였다.

"맞아요. 덕분에 예약 포비아가 덮치고 있어요."

주희가 웃었다. 예약 포비아는 넘치는 예약 문의와 전화 때문이다. 하나의 이슈가 생길 때마다 리폼 호텔의 전화와 홈페이지가 몸살을 앓았다. 오늘이라고 예외가 되는 건 아니었다.

"피난치에라 수프와 로빈후드 염소탕 말이에요, 새 메뉴로 나오냐는 문의가 빗발치고 있어요."

"음, 고려 중이라고 하세요. 피난치에라 수프는 식재료 구성이 평범하지 않아서 메뉴에 올리기 좀 그런 면이 있어요."

윤기의 답이었다.

"아무튼 쾌거였습니다. 교황을 모신 것만으로도 VIP 예약이 폭증 중이었는데 레이철 쇼까지… 해서 VIP 전략도 수정 중입니다."

장 부사장이 말을 이어 나갔다.

"월 1회 스페셜 이벤트를 마련하면 어떨까요? 주제별 요리에 희귀 메뉴를 붙여 VIP들에게만 테이블을 따로 파는 겁니다. 백화점처럼 이용 포인트 제도를 도입해 월별, 분기별 매출 상위권 고객과 저명 인사 초빙을 매칭시키면 명품 이벤트가 될 것 같습니다."

"좋은데요?"

"이달의 고객도 정하고 싶습니다. 피드백을 받는 계기도 될 테고요."

"그것도 좋네요."

"사실 주 1회로 하고 싶은데 지금 주방이 포화 상태라서요."

"인력 보강부터 해야겠군요?"

"그렇잖아도 많은 문의가 오고 있네. 여기서 일하고 싶다는 셰프들 말이야."

구 총주방장이 대화에 들어왔다.

"그럼 소요 인원 분석해서 채용 계획 잡으세요."

"송 셰프가 테스트 면접 봐주실 건가?"

"당연하죠? 우리 호텔 멤버가 될 사람들인데요."

"알았어. 그럼 당장 플랜을 짜겠네."

구 총주방장의 답이었다.

"혹시 프랑스와 이탈리아 인터넷 체크해 봤어?"

에르베가 앞치마를 매며 물었다.

"아뇨, 왜요?"

"교황께서 귀국 인터뷰를 했는데 거기서도 송 셰프의 요리를 언급했더라고. 한국에서 받은 두 가지 위안. 남북의 평화통일 가능성과 송 셰프의 소박한 요리."

"그래요?"

"그쪽은 베르나르 기자가 꽉 잡고 있잖아? 쿠리에 엥테르나숑 날이라는 잡지 알아?"

"알죠. 세계 3대 셰프를 발표하는 잡지잖아요?"

"거기 편집장이 송 셰프에게 꽂힌 모양이야."

"그래요?"

"베르나르의 기사야. 캡처해 두었는데 말미에 분명 그런 언급이 있지?"

에르베가 핸드폰을 보여 주었다. 불어로 된 기사였다. 에르베의 말은 틀림이 없었다.

"……."

윤기가 잠시 숨을 고른다.

[쿠리에 엥테르나숑날]

한국은 몰라도 유럽에서는 이 잡지의 파급력이 어마무시했다. 여기에 제대로 소개되면 초대박 코스를 달린다는 게 정평이었다. 그만큼 미식가와 식도락가, 기타 미식에 미치는 영향력이 절대적이었다.

"베르나르 기자랑 친하잖아? 이 기사 소식 못 받았어?"

"제가 전화를 꺼놔서……."

"켜 봐. 레이철 쇼 때문에 머리 아프겠지만 피할 수 없는 건 즐겨야지."

"그렇네요."

에르베의 말이 맞았다. 윤기가 핸드폰에 파워를 넣었다. 카톡과 문자가 산더미처럼 쌓였다. 그리고… 거짓말처럼 베르나르의 부재중전화가 있었다. 심지어는 미국 알버트 기자와 폴 보스키, 사무엘과 도미니코 셰프의 것까지도.

별수 없이 전화를 걸었다. 다들 바쁜 시간을 내서 걸어 준 축하 전화. 전원을 꺼서 피하는 것도 도리가 아닌 것 같았다.

첫 발신은 폴 보스키였다.

"여보세요."

응답이 나왔다. 그런데 보스키가 아니라 젊은 여자의 불어였다.

—송윤기 셰프님?

그 목소리가 불안했다.

"맞습니다. 보스키 셰프님이 전화를 하셔서요."

—잠깐만요.

여자의 목소리가 이어진다. 느낌이 좋지 않았다.

"송 셰프."

보스키의 목소리가 나왔다. 나른하고 아련했으니 혼이 나간 듯한 음성이었다. 윤기의 예감이 적중하고 있었다.

—레이철 쇼 잘 봤네.

"셰프님."

—내 칼을 써 주었더군.

"귀한 선물이었으니 당연한 일입니다."

—고맙네.

"셰프님……"

—자네 전화를 기다리고 있었어.

"……"

—요리로 평생을 달려 왔지만 내가 이룬 요리의 세상은 작았네. 그러니 송 셰프가 더 큰 요리의 세상을 만들어 주시게.

"셰프님."

전화 속 보스키의 목소리가 멀어진다.

―아빠.

잠깐의 침묵 후에 핸드폰의 스피커로 여자의 오열이 들려왔
다.

―아빠께서 운명하셨어요.

다시 여자의 목소리였다.

―셰프가 나오는 레이철 쇼를 세 번이나 보시다가… 셰프 목
소리를 듣고 가야겠다고… 전화 주셔서 고마워요.

"……."

세계 요리계의 거인, 윤기에게 황금보스키상을 안겨 주고 영면
에 들어갔다.

제3장
—
미식 초월자

"감사합니다."

회의실에서 윤기가 인사를 했다. 새롭게 3억 VIP 클럽에 가입한 33명의 저명인사들이었다. 이들 역시 최초의 가입자들과 같은 대우를 받는다. 본인이 원하는 시간에 예약을 할 수 있는 자격이었다.

이 추진은 장 부사장이 맡았다. 저명인사들의 예약 압력이 너무 세다 보니 머리를 짜낸 것이다. 심사는 엄정했다. 단순히 돈이 많은 사람은 걸러 냈다. 사회적으로 선한 영향력을 미치는 명사들 중에 미식에 조예가 있는 사람에게 가점을 주는 방식이었다.

그들에게 회원권을 주는 자리, 장 부사장의 요청으로 윤기가 참석했다. 이 호텔의 대표는 윤기였으니 당연한 일이었다.

"교황의 메뉴를 먹고 싶습니다."

"어떻게 안 될까요?"

그들의 요청은 한결같았다.

"자리를 마련하겠습니다."

윤기의 답이었다. 셰프는 요리를 피하지 않는다. 더구나 이토록 원하지 않는가? 33인분 정도는 문제 될 것도 없었다.

짝짝.

3억 클럽 회원들은 박수로 화답했다.

"수고하셨어요."

그들이 나가자 윤기가 장 부사장의 수고를 위로했다.

"저는 뭐 별로 한 거 없습니다. 스포츠로 치면 주워 먹는 골이었죠."

"주워 먹기라고요?"

"셰프님이 이슈를 몰고 다니지 않습니까? 사실 저분들 선정하는데 온갖 압력 때문에 힘들었습니다."

"그랬습니까?"

"주로 여의도와 광화문 쪽이 그렇더군요. 그 사람들 정말… 겉으로는 국민의 공복인 척하지만 실제로는 자기들이 국민 위에 군림하는 특권층이라고 착각합니다. 그 썩은 마인드 언제 버리고 겸허해지려는지…….."

장 부사장이 고개를 저었다. 여의도와 광화문은 정치인과 고급 관료들을 뜻한다. 그들은 대다수 미식에 관심이 없었다. 단지 위엄과 권위의 액세서리로 필요할 뿐이었다.

"이대로만 가면 투자금 상환은 수년 내로 마칠 것 같습니다."

"너무 서두르지 마세요. 이 회장님이나 페드로 회장님은 장기 투자를 하신 거니까요."

"그래서 다른 쪽 투자도 병행해서 알아보고 있습니다."

"어떤 거죠?"

윤기가 물었다. 장 부사장의 생각은 늘 캐비어처럼 반짝거렸다. 대화가 즐거운 사람이었다.

"지금 스테이크 물량이 엄청나지 많지 않습니까? 전에는 하루에 100본, 200본이었다고 하는데 지금은 3개 주방이 풀가동하면서 1,000본씩 구워도 모자랄 때가 있습니다. 도미와 광어 등의 주력 수산물도 공수해 오기가 무섭게 나가고요."

"예약을 좀 줄일까요?"

"아직은 버틸 만합니다. 게다가 요리 직원 보강까지 끝나면 문제 될 것도 없고요."

"그래서요?"

"아시겠지만 세계의 유수 레스토랑들 중에는 자가 농장이나 양식장을 운영하는 곳들이 있습니다."

"시드니의 데쓰야스가 모델이죠."

"맞습니다. 이제는 송아지뿐만 아니라 바다 송어, 심지어는 버섯까지 확장되고 있습니다. 최적의 식재료를 안정적으로 공급하는 것. 그게 바로 요리의 퀄리티를 지키는 일이니까요."

"우리도 그러자?"

"수락하시면 제가 추진하겠습니다."

"이미 추진하신 거 같은데요?"

"강원도의 목장과 남해안의 양식장에 대해 알아보기는 했습니다."

"이렇다니까요. 장 부사장님 몸은 대체 몇 개인가요?"

"그러는 셰프님은요? 어제는 미식하우스에서 밤새 고객을 맞이하는 것 같던데?"

"……?"

"제가 레이철 쇼를 보느라 자정이 지났지 뭡니까? 퇴근하면서 봤더니 불이 훤하더군요."

"그건……."

세상에는 비밀이 없다. 화요와의 불빛을 본 모양이었다.

"어떻습니까? 요즘 경영 트렌드는 한발을 앞서가야만 합니다. 때가 되어 준비하려면 늦습니다."

"비용 감당은요?"

"아까 계약 체결된 33인의 회원권만 해도 대략 100억입니다. 당장 상환하실 거 아니면……."

"투자하세요."

"윤기가 답했다."

"그러실 줄 알았습니다. 그리고……."

"또 있군요?"

"이번에는 차별화 전략입니다."

"궁금한데요?"

"지난번에 셰프들에게 초현실주의 서양화가 달리 전시회 관람권 제공하라고 하셨죠? 셰프들의 요리 창작에 영감이 될 수 있다고."

"네."

"저도 몇몇 셰프들과 같이 갔었는데 반응이 좋았습니다."

"요리도 하나의 작품이니까요. 그림은 캔버스 위에, 요리는 접시 위에 그린다는 것만 다르죠."

"압니다. 이상백 기자 같은 요리 전문 기자들은 셰프님 요리에 '큐레이트' 한다는 표현까지 쓰더군요."

"서양에서는 흔한 일입니다. 안드레아 셰프의 요리들은 명화를 그린 거장 화가들의 작품에 비견되기도 했어요."

"직접 보니 공감이 되더군요. 머리에 구름이 가득한 커플, 전쟁의 얼굴, 비너스의 이비인후과적 머리… 비너스의 얼굴에 코와 귀의 위치를 바꾼 달리의 작품은 발상의 전환이 무엇인지 알게 하더군요."

"머리 위에 구름이 가득한 커플은 어떻던가요?"

"우리 셰프님들, 거기서 영감을 많이 받았다고 하더군요. 커플들의 가슴에는 해변에 놓인 빈 테이블, 머리에는 청량한 구름들… 특히나 빈 테이블이 가슴에 와닿는 눈치였어요."

"셰프라면 그래야죠. 여행을 떠난 연인들의 설렘을 채우고 하늘의 구름까지도 유혹할 수 있는 요리. 그걸로 테이블을 장식해야 하지 않겠어요?"

"그래서 말인데요, 그런 명화 전시회를 호텔로 옮겨 오는 건 어떨까요?"

"명화 전시회요?"

"과거의 기록을 보니 이런저런 전시회를 했었더라고요. 가장 최근의 것으로는 세계 기인 셰프 특별전?"

"……."

윤기 측이 살짝 반응을 했다. 윤기와 전생이 만난 그 전시회였다.

"그런 것도 좋지만 이제는 우리 호텔의 위상이 바뀌었습니다. 셰프님이 표방하는 안드레아 셰프는 요리가 세상의 주인공이라는 신념을 가졌더군요. 요리사는 시대의 지도자, 신과도 소통하는 셰프에 명화나 명작 클래식 음악 이상의 문화적 메신저……."

"안드레아도 공부하셨네요?"

"셰프님 요리의 근원이라니 어쩌겠습니까?"

"……."

"신과의 소통 부분은 살짝 공감하지 못했는데 제사를 생각하니 간단하더군요. 제사에는 춤과 음악, 그리고 음식이 나오는데 그동안은 춤과 음악만 부각이 되었지요."

'과연.'

감탄이 절로 나온다. 장 부사장의 분석은 현미경처럼 정확했다.

"그것도 알아보셨나요?"

"알아보았죠."

"어떻던가요?"

"몇몇 박물관과 미술관 반응은 싸늘했는데 교황과 레이철 쇼 덕분에 반전이 일어나고 있습니다. 두 군데서 긍정적으로 논의해 보겠다는 연락이 왔거든요."

"그래요?"

"셰프님 생각은 어떻습니까?"

"나쁘지 않죠. 명화와 미식, 어울리지 않을 수 없습니다."

"그렇다면 남은 건 명작 클래식이죠?"

"그렇네요."

"하나하나 그림을 맞춰 가겠습니다. 단, 여기서의 주인공은 명화나 클래식이 아니라 셰프님의 요리입니다. 그걸 유념해 주세요."

장 부사장이 잘라 말했다.

비전.

그에게는 그게 있었다. 윤기의 방향과 일치한다. 그래서 더 듬직한 사람이었다.

복도로 나오자 핸드폰 진동이 울렸다. 프랑스의 베르나르 기자였다.

—셰프님, 베르나르입니다.

"안녕하세요?"

—저 폴 보스키의 병원에 와 있습니다.

"그래요?"

—아까 보스키와 통화하셨죠? 저도 옆에서 들었습니다. 보스키가 운명할 것 같다고 해서 가스파르와 론디메, 스잔느 등등의 요식업계 명사들과 함께 와 있었거든요.

"안타깝네요."

—조금 전에 가족들이 폴 보스키의 유언을 발표했습니다. 그런데 거기 송 셰프에 대한 언급이 있었습니다.

"저에 대한 언급이라고요?"

—그래서 가족 대표로 릴리안이 셰프와의 통화를 원하고 있습니다.

"릴리안은 누구인가요?"

—아까 전화를 받은 여자분입니다.

"아."

—그리고 저 곧 코리아에 갈 것 같습니다. 셰프님 요리가 그리워서 말입니다.

"그건 반가운 소리네요."

—손님 한 분을 모시고 갈 건데 예약이 가능할까요?

"언제든 환영입니다."

—그럼 전화 끊겠습니다. 릴리안이 기다리고 있거든요. 아, 아마 보스키 셰프의 전화번호로 갈 겁니다.

베르나르의 전화가 끊겼다.

폴 보스키의 사망.

오래 살지 못할 거라는 생각은 했었지만 안타까웠다.

깊은 생각을 할 겨를도 없이 국제전화가 이어졌다.

—안녕하세요?

아까 그 목소리였다. 하지만 아까보다는 밝았다.

—코리아의 송윤기 셰프님?

"그렇습니다만."

—폴 보스키의 딸 릴리안이에요. 전화로는 두 번째네요.

"네⋯⋯."

—아까보다는 목소리가 좀 나아지지 않았나요?

"그런 것 같네요."

—초면에 실례했어요.

"아닙니다."

―감정이 가라앉은 건… 아빠의 유언이었어요. 다음 세상으로 가는 여행이니 슬퍼하지 말라고.

"……."

―레이철 쇼 잘 보았어요. 우리 아빠의 칼을 써 주셔서 고마워요. 아빠가 정말 좋아했어요.

"좋은 선물이었으니 쓰는 게 당연하죠."

―아빠께서 당신에게 선물을 하나 더 남겼는데 이것도 받아 주셔야겠어요.

"선물이라고요?"

―아빠는 당신이 죽은 후에도 보스키 도르 요리 대회가 계속되기를 바라셨어요. 요리의 노벨상으로 말이에요. 상금과 대회 운영비는 아빠의 재산에서 나오는 이자로도 충분하니까요.

"……."

―아빠가 말씀하시기를 지금으로부터 10년 후, 새로운 종신 심사 위원이 되어 향후의 30년을 이끌어 나가길 바라셨습니다. 그러니 부디 수락을 바랍니다.

"릴리안……."

윤기의 촉각이 우수수 일어섰다.

보스키 도르 요리 대회.

세계 최강의 요리 대회다. 보스키의 사후에도 이어질 것은 짐작하고 있었다. 보스키가 종종 천명한 말이기 때문이었다. 하지만 윤기의 종신 심사 위원 추대는 뜻밖이었다. 10년이라는 단서가 붙었다고 해도 마찬가지. 이건 엄청난 영광이자 명예였다.

"제가 그런 자격이 되려는지요?"

—아빠께서 절친인 끌로드 셰프와 상의를 거쳤어요.

"끌로드 셰프님요?"

—나아가 아빠의 칼을 넘겨주신 게 증거예요. 제가 아빠를 잘 알거든요.

"릴리안……."

—아빠의 유지를 고려해 부디 수락을 바랍니다.

"……."

—셰프님.

"그렇게 하죠."

—고마워요. 송 셰프님.

인사와 함께 전화가 끊겼다.

폴 보스키…….

그가 떠나갔다. 하지만 그가 남긴 선물은 너무 많았다. 황금 보스키상에 이어 그가 쓰던 칼과 종신 심사 위원 내정…….

'고맙습니다. 이제 편히 쉬세요.'

창밖의 하늘에 대고 묵념을 했다. 거인과의 이별이었다.

오래 감격하지는 않았다. 감격만으로는 좋은 요리가 나오지 않기 때문이었다. 런치 타임을 기다리는 손님이 많았다. 스테이크 향료를 점검하고 숙성육을 체크했다. 바쁠 때는 몰라도 여간해서는 빼먹지 않는 루틴이었다.

윤기의 눈은 에르베나 구 총주방장보다 예리했다. 모양이나 마블링 미달조차도 가차없었다. 그런 것들은 다짐육이나 기타 용도로 밀려났다. 윤기가 겨누는 건 런던의 스테이크 전문점 누스렛. 그 셰프 누스렛 괵체도 기가 죽는 스테이크였다.

"송 셰프."

구 총주방장이 턱짓을 했다. 돌아보니 창혁이 기다리고 있었다.

"예약 요리 준비하실 시간이 되었는데 오시지 않아서요."

창혁이 말했다. 그제야 아차 싶은 윤기였다. 미식하우스에 예정된 런치 예약이었다. 서둘러 퀵보드에 올랐다.

"준비는?"

도로를 건너면서 창혁에게 물었다.

"대략 맞춰 놓았어요."

"예약자 연락 왔어?"

"네."

"몇 분이라고 얘기 안 해?"

"그런 말은 없고요 잘 부탁한다고만······."

"그래?"

정원에 들어선 윤기가 퀵보드에서 내렸다. 오늘 런치 예약은 풀 오더였다. LGY 스테이크는 기본, 다 빈치 풀 세트를 시작으로 루이 14세, 솔로몬 세트와 카트린 여왕 세트, 표트르 대제에 쿨리비악까지 망라하고 있었다.

요리의 분량으로 보면 대략 10인분. 그런데 예약자의 신분이 나오지 않았다. 단지 전화번호만 적힌 것이다.

[문제없는 예약입니다.]

예약을 대행한 에이전시의 말이었다. 믿을 수 있는 거래처니 더 묻지 않았다.

일단 12인분 테이블을 차렸다. 남으면 빼고 모자라면 더할 생각이었다.

요리가 다양하니 동선을 잘 짜야 했다. 그렇지 않으면 요리가 엉긴다. 먼저 나갈 것이 나중 나가고, 나중 나갈 것이 먼저 나가는 것. 미식하우스에서는 용납되지 않았다.

시간은 12시.

덕분에 런치 예약은 이 한 팀이었다.

11시 30분, 순지가 카운터 전화기를 들고 외쳤다.

"셰프님, 예약자세요."

핸드폰을 꺼내 놓지 않은 까닭이었다. 많은 요리사들이 그렇지만 요리할 때 핸드폰은 금지 품목이었다.

"안녕하세요? 송윤기입니다."

전화를 받았다.

―송 셰프님.

예약자의 목소리가 들렸다. 대략 50대로 보였다. 그렇다면 기업 임원들이나 학회의 멤버들 오찬일까?

"곧 도착하시나요?"

―그렇습니다.

"죄송하지만 몇 분이신지 알 수 있을까요?"

―두 명입니다.

"두 명요?"

윤기 목소리가 살짝 튀었다. 식재료는 풀 오더에 맞춰 준비했다. 무려 10인분 이상이다. 뭔가 잘못된 것 같았다.

*　　　　　*　　　　　*

나이프와 포크 등은 2인분만 세팅을 했다.

그런데……ㄴ

"이것도 치워 주세요."

중년의 남자가 어르신의 것을 가리켰다.

"……?"

순지가 말을 잊었다.

"치워 드려."

윤기가 순지 등을 밀었다. 순지가 겨누는 시선은 보지 않았다.

"셰프님."

창혁의 걱정 보따리가 다시 펼쳐졌다.

"아무래도 이상해요."

"뭐가?"

"말이 안 되잖아요. 단둘에 게다가 어르신 식사 도구까지 치우라니."

"그럼 쫓아낼까?"

"……"

"일단 모셨으니 요리는 내는 게 순서지, 안 그래?"

"……"

창혁의 표정과 상관없이 윤기는 요리에 집중했다. 쿨리비악을 만들어 오븐에 넣고 다 빈치 세트에 돌입했다. 수비드 처리된 소

등심에 계피와 정향, 육두구를 넣고 끓이기 시작한다.

"뭐 해? 왕새우하고 무어식 대추말이 안 만들 거야?"

"……."

"창혁아."

"알았어요."

그제야 창혁이 새우를 잡았다.

"카트린 여왕 세트에 들어갈 밤과 멜론 튀김도 같이 시작해."

"……."

"치즈."

윤기가 미소 사인을 보내자 창혁이 억지 미소를 지었다. 새우를 삶으면서도 계속 메인 홀을 바라본다. 어르신 때문이다. 순지가 내간 나무칩 3종과 윤기표 음료가 그대로다. 줄어든 건 단지 음료 한 모금뿐이었다.

"셰프님."

"왜?"

"죄송하지만 저 어르신은 요리 안 먹을 거 같아요."

"나도 알아."

"안다고요?"

윤기 대답에 창혁의 눈빛이 튀었다. 윤기는 이미 그의 체취를 맡았다. 오미에 육미, 칠미까지 균형을 이루지만 활기가 없었다. 이런 사람의 정량은 수프 한 그릇 정도가 전부였다.

"그런데 왜요?"

"왜 요리를 하냐고?"

"네."

"손님이니까."

"셰프님."

"그렇게 신경 쓰이면 장애아들 생각해. 그때 즐겁게 요리했었지?"

"그건 우리가 봉사하려고 초대한 사람들이었잖아요."

"그럼 나 혼자 요리할까?"

"⋯⋯."

창혁은 다시 칼을 잡았다. 윤기 혼자 하게 둘 수는 없었다.

"루이 14세 양송이 체크하고 와인 준비해."

윤기가 숯불 쪽으로 돌아섰다. LGY 스테이크와 송아지 안심을 구울 차례였다.

"순지 씨, 캐논 변주곡 라 장조 좀 부탁해."

윤기가 클래식을 청했다. 요리를 할 때 자주 듣는 음악이었다. 마음이 따뜻해지는 곡이라 창혁에게 필요할 것 같았다.

시어링이 끝난 스테이크에 컴파운드 소스를 주입했다. 캐논 변주곡을 따라 깊이깊이 번져 가는 게 느껴졌다.

"어르신 쪽 LGY 스테이크는 먹기 좋게 잘라 달라는데요?"

순지가 손님의 요청을 전달해 왔다. 말을 하는 동안에도 못마땅한 표정은 여전했다. 플레이팅을 하기 전에 요청을 수행했다. 반으로 가르자 갓 핀 장미처럼 생생한 핑크센터가 나왔다. 어떻게 보면 요염할 정도였다. 풍미가 날아가기 전에 가지런히 플레이팅을 마쳤다.

"갈까?"

윤기가 먼저 카트를 밀었다. 그 뒤를 순지의 카트가 잇는다.

요리가 많다 보니 두 카트에 가득이었다.

"요리 나왔습니다."

인사와 함께 윤기가 세팅을 했다. 순지의 기분 때문이었다. 억지 웃음은 손님들이 먼저 안다. 그러면 요리 맛이 떨어지게 되어 있었다.

"LGY 스테이크고요, 이쪽 구성이 카트린 여왕 세트, 이쪽이 레오나르도 다 빈치 세트, 그리고 이쪽이 루이 14세 세트……."

요리를 설명하고 한 발 물러났다.

"기준 가격은 여기 있습니다."

순지가 가격표 티켓을 들어 보였다. 다른 날보다 목소리가 튄 건 계산까지도 우려하고 있다는 뜻이었다.

"그럼 즐거운 시간 되십시오."

윤기가 카트를 뺐다.

카운터 쪽의 창혁은 맥이 풀리는 모습이었다. 여전히 어르신 때문이었다. 앞쪽의 중년은 오찬을 시작했다. 그러나 어르신은 그대로였다. 이따금 눈을 감거나 코를 큼큼거리는 게 전부였다.

의아한 건 중년이었다. 어르신을 앞에 두고 그 자신만 즐기고 있었다.

뭘까?

혜주 누나의 어머님처럼 음식을 먹을 수 없는 사람이라 눈요기만 시키는 걸까? 그럴 수도 있다. 후두나 식도암일 수도 있으니까.

아니다.

그렇다면 굳이 저렇게 많은 요리를 시킬 필요가 없었다.

하지만 긍정적인 측면도 있었다. 중년의 식사 매너였다. 기품이 서렸다. 어르신만큼은 아니지만 그의 체취도 균형이 잡혀 있다. 최소한 요리를 아는 사람들이었다.

"자꾸 걱정이 되어요."

순지의 우려는 그냥 흘려 버렸다. 아직 식사가 끝난 게 아니기 때문이었다.

그런데…….

요리를 먹던 중년이 손을 들었다.

"어르신 쪽의 쿨리비악하고 풍조목 소스 토끼고기, 그리고 라비올리 단품으로 추가해 달라는데요?"

순지가 추가 주문서를 들고 왔다. 창혁과 순지는 울기 직전이지만 윤기는 군말 없이 추가 주문을 받아들였다.

땡.

타이머 소리와 함께 쿨리비악이 나왔다. 정성껏 플레이팅을 하고 카트를 밀었다. 순지를 시키지 않았다.

"추가 요리 나왔습니다."

윤기의 응대는 처음과 다르지 않았다. 먼저 나온 요리를 살짝 밀고 새 요리를 세팅했다. 어르신의 시선이 요리로 옮겨 온다. 여전히 손을 대지 않지만 눈빛만은 진지했다.

'눈으로?'

그 순간 윤기 머리에 불빛이 들어왔다.

요리는 여러 방법으로 먹는다. 허균 같은 사람은 탐식에 속해 욕심껏 먹어 치운다. 그러나 정약용 같은 사람은 절제하며 먹는다. 흡입하는 것도 다를 수 있다. 눈으로 먹는 사람이 있고 냄새로 먹는 사람도 있으며 비로소 입으로 먹는 사람도 있다.

역아의 시대에는 눈으로 먹는 사람이 많았다. 소위 눈요기라는 말이 괜히 나온 게 아니었다. 당시에는 신분제도가 있었고 빈부의 격차가 심했다. 그렇기에 노예나 하인들은 진수성찬이나 진귀한 요리가 나올 때마다 눈과 코로 맛을 볼 뿐이었다.

어르신도 그랬다. 그렇지 않고서는 저토록 진지할 수가 없었다.

하지만.

지금은 돈만 있으면 뭐든 먹을 수 있는 세상. 더구나 그 앞에 놓인 많은 요리들. 아무래도 명쾌한 느낌은 아니었다.

"셰프님, 손님들이 찾으세요."

칼과 소테 팬을 정리할 때 순지가 주방 유리를 두드렸다.

테이블 앞의 윤기가 다시 예의를 갖추었다.

"기준 요금의 2배로 계산하세요."

중년 남자가 카드를 내밀었다. 의외라는 듯 순지가 카드를 맡았다.

"그리고 남은 요리들은 포장을 부탁합니다."

"알겠습니다만……."

윤기가 뒷말을 이었다.

"어르신 쪽 요리는 그대로 남았습니다. 죄송하지만 이유를 물어도 될까요?"

"그럴 리가요? 홍 선생님은 요리를 다 드셨습니다. 마음에 들어서 추가 주문까지 하지 않았습니까?"

"네?"

윤기가 고개를 들었다. 요리는 그대로 남았다. 정말이지 젓가락 한 번 대지 않았다. 그런데 다 먹었다니? 그렇다면 역시 눈?

"셰프께서 젊어 모르시겠지만 앞에 계신 분이 과거 대한민국 최고의 미식가로 불리던 홍성류 선생이십니다."

'홍성류?'

이상백을 통해 들어 본 이름이었다. 똑같은 된장찌개 10개를 놓고 어느 주방장이 끓였는지조차 알아맞힌다는 절대 미각의 소유자…….

"셰프의 요리가 기막히다기에 모시고 왔습니다. 소문대로 맛나게 드셨다는군요."

"선생님."

윤기의 시선이 어르신에게 향했다.

"젊은 사람이 대단하군요. 과연 젊은이들의 시대입니다."

홍성류의 목소리가 처음으로 나왔다.

"제가 한창일 때 프랑스와 이탈리아, 중국 일주를 하며 요리를 탐닉했던 때가 있었습니다. 조선시대의 허균처럼 새로운 맛을 찾아다녔죠."

목소리가 나른하다. 그러나 강력한 호소력을 가졌다. 정신이 몽롱해질 정도였다.

"그때 그 나라의 전통요리를 한다는 셰프들을 많이 만났어요. 덕분에 제 혀에는 아직도 그 요리의 맛들이 저장되어 있습니다."

"……."

"오늘 셰프의 요리들… 시대별 특징이 제대로 담겼더군요. 동시에 향신료와 주제의 조화가 아름다웠습니다. 더구나 오미의 균형까지 살뜰하니 세월이 원망스럽더군요."

"……."

"셰프."

"예."

"요리를 먹지 않아 마음이 불편하겠죠? 셰프에게는 자기 요리를 잘 먹어 주는 손님이 최고니까요. 안 그런가요?"

"후자는 사실입니다만……."

"전자는 어떤가요?"

어르신이 빙그레 웃었다. 달관. 그 단어가 윤기를 스쳐 갔다. 이 사람은 미식가가 분명했다. 그것도 그냥 미식가가 아니고 절대 미식가. 미식의 모든 단계를 지나 절정의 반열에 오른…….

"이제 보니 관미(觀美)를 하셨군요?"

"허어, 관미를 아십니까?"

어르신이 단어를 알아들었다.

"제 말이 맞았습니까?"

"셰프께서는 미식 9도까지도 아는 모양이군요?"

"오래 전에 들은 얘기라 맞을지는 모르지만……."

"한번 들어 봅시다. 내 근 30여 년 동안 풍류를 아는 셰프를 본 적이 없습니다. 더구나 근자에는 많은 셰프들이 그저 사진발 잘 받는 요리에 집중하는 풍조가 만연한 시대라 외양은 화려하지만 맛은 천박하지요."

"미식 9도는 요리를 즐기는 데 아홉 가지의 예가 있다는 말입니다."

윤기가 설명을 이었다.

1도 애미愛美食—맛난 요리 찾아다니는 게 취미

2도 기미嗜美食—좋은 요리를 폭식하는 게 낙인 사람

3도 탐미耽美食—요리의 진미를 아는 사람

4도 폭미暴美食—맛의 도를 깨치려는 사람

5도 장미長美食—맛의 삼매경에 빠지는 사람

6도 석미惜美食—맛의 정수를 알아 요리를 아끼는 사람

7도 낙미樂美食—먹어도 그만 안 먹어도 그만, 요리 유랑으로 유유자적하는 사람

8도 관미觀美食—좋은 요리를 보면 행복하되 이미 먹을 수 없는 사람

9도 폐미廢美食—식신이 된 사람

"허어."

어르신이 무릎을 쳤다.

"기가 막히군. 그 말을 아는 셰프가 있다니?"

"요리는 시대에 따라 변하지만 맛의 진리는 변하지 않지요. 따라서 요리를 감상하는 진리 역시 변할 리 없으니 참고 삼아 새겨 둔 말입니다."

"정확하게 맞았어요."

"그러시면 어르신은 마지막 도의 관문까지 이르신 분이군요?"

관미는 여덟 번째 도다. 아홉 번째는 죽음을 뜻하니 미식가가 도달할 수 있는 경지는 여덟 번째가 끝이었다.

"그렇다고 봐야겠죠. 보는 것만으로도 충분히 맛있고 행복하

니까."

"진심으로 존경스러운 미식가셨군요. 모시게 되어 영광으로 생각합니다."

"나도 그랬어요. 어쩌면 내 생의 마지막 포식이었던 것 같습니다. 이제는 이런 자리조차 번거로워 나올 생각이 없는데 오랜 인연의 부탁으로 나온 것이니."

"다시 오실 생각이 없다는 말씀 같습니다."

"남은 생애를 두고 음미해도 사라지지 않을 향미를 먹었지 않습니까? 특히나 육두구의 향이 그렇습니다. 이거 씨앗뿐만 아니라 붉은 외피까지 갈아 넣었죠? 그리고 스테이크와 육류에 깃든 훈연의 향… 요즘 사람들은 모르지만 우리 어린 시절, 겨울에 논밭에서 짚불을 때고 놀다 보면 옷에 불내가 배어요. 은은하면서도 오래가죠. 마치 그것처럼 자연스러운 향이었어요."

"……?"

어르신의 말에 윤기 등골이 오싹해졌다. 육두구를 맞히는 사람은 많았다. 그러나 그 붉은 외피를 쓴 것까지 아는 건 처음이었다.

"아무튼 행복하군요. 이 땅에 진정한 미식의 요리사는 멸종된 줄 알았는데… 아름다운 육두구의 향을 마음에 안고 갑니다."

"선생님……."

"아, 남은 요리들은 걱정하지 않아도 됩니다. 여기 송 선생께서 아는 복지원이 있거든요. 거기 아이들에게 나눠 줄 겁니다."

홍성류가 일어섰다. 이제 보니 거인이다. 아는 만큼 보인다더니 그 말이 딱이었다. 그가 마치 신선처럼 느껴졌다. 우아한 기품과 걸음걸이마저.

"살펴 가십시오."

대문까지 따라나온 윤기가 허리를 깊이 숙였다. 어쩌면 다시
는 만나지 못할 지상 최강의 미식가. 그 경이로움에 보내는 셰프
의 진심이었다.

잠시 넋을 놓은 윤기.

그러나 이때까지도 상상하지 못했다. 홍성류의 방문은 결코
우연이 아니었다는 사실.

제4장
—
손님의 품격

그 주의 주말, 교황과 레이철 쇼의 광풍이 가라앉을 무렵, 러시아에서 전화가 걸려 왔다.

―셰프님.

영어로 말하는 목소리의 주인공은 여자였다.

"누구시죠?"

윤기가 물었다.

―저는 세브첸코 회장님의 비서실장입니다.

"아, 네……."

윤기가 목청을 가다듬었다. 그러고 보니 그의 예약이 다가오고 있었다.

―저희 회장님 예약이 되어 있죠?

"그렇습니다만."

―이게 좀 변동이 생겨서요.

"어떤 변동일까요?"

―원래 점심 예약이었죠?

"예."

―이걸 디너로 바꿔 주셨으면 합니다.

"그렇게만 하면 될까요?"

―인원수 변경도 가능할까요?

"말씀해 보시죠."

―회장님과 사촌 형제들이 가실 겁니다. 총 여섯 분이세요.

"혹시 다들 회장님처럼 대식가신가요?"

―회장님 정도는 아니지만 대식가인 건 맞습니다.

"……."

―곤란할까요?

"그럼 대략 5인분 정도씩?"

―보통은 그런데 맛난 요리를 만나면 7-8인분도 문제없으신
분들입니다.

"……."

―회장님께서 형제들에게도 셰프님의 요리를 선보이고 싶다고
간곡히 부탁을 하십니다. 비용은 얼마라도 치를 수 있다고 하시
네요.

"숙박은요? 객실은 여유가 없습니다만."

―늦은 시간에 공항으로 가십니다. 한국에서 숙박은 하지 않
을 겁니다.

"그렇다면 접수해 드리겠습니다. 단, 이 예약은 변경이 곤란합

니다."

　—셰프님 요리는 기준 요금에 만족도 요금이 가산된다죠? 접수처에 말씀 전하시면 기준 요금 먼저 선금으로 입금해 드릴 수도 있습니다.

　"그렇게 하죠."

　—셰프님이 교황을 모셨더군요? 회장님이 그 기사를 보셨습니다.

　"네……. 예약 오더를 내시겠습니까?"

　—셰프께 일임한다고 하십니다.

　"……."

　—벌써부터 기대가 크십니다. 잘 부탁드리겠습니다.

　비서실장은 예의가 깍듯했다.

　여섯 명.

　그러나 30명 같은 여섯 명.

　메뉴는 윤기에게 일임.

　이렇게 되면 '세 황제의 만찬'이 당첨이었다. 세브첸코가 노래처럼 부르던 메뉴였기 때문이었다.

　이 요리는 중국의 만한전석과 쌍벽을 이룬다. 그러면 혼자서도 어느 정도 소화가 가능하다. 하지만 대식가 형제군단과의 동행이라면 접시를 비울 수도 있었다.

　"서양의 만한전석요?"

　윤기 말을 들은 창혁이 귀를 쫑긋 세웠다.

　"그래."

　"중국에만 만한전석이 있는 게 아니었군요?"

"의미는 다르지만 그만큼 호화롭고 푸짐한 요리라는 거야. 러시아 황제 알렉산드르 2세와 황태자, 비스마르크와 프로이센의 왕 등이 무려 8시간 걸쳐 벌인 만찬이거든."

"8시간……."

"놀랄 거 없어. 과거 유럽의 귀족들은 몇 박 며칠 동안 만찬을 즐긴 적도 많으니까. 먹고 토하고 먹고 토하고……."

"……."

"오죽하면 구토 담당 하인까지 있었을까?"

"거기 메뉴는 몇 가지였는데요?"

"어디 보자. 포르투갈 스타일의 닭고기, 메추리를 다진 파테, 양고기 엉덩이살 구이, 가자미 그라탱, 서대 순살구이, 황녀들이 즐기던 수플레, 파리 스타일의 바닷가재 요리……. 다 헤아리기도 어려운데?"

"셰프는요?"

"뒤글레레 셰프, 1867년."

"다른 건 셰프님이 아시겠지만 와인이 문제겠네요?"

창혁이 말했다. 이제 맥락을 제대로 짚어 내는 창혁이었다.

"샤토 라피트나 샤토 라투르 체크해 둬. 대략 20병 정도에서 플러스 마이너스."

"그 와인이라면 고가잖아요?"

"뭐, 돈이라면 우리나라를 살 정도로 많다고 자부하는 손님이니까."

"……."

확인을 위해 스케줄표를 체크했다. 쉬는 날을 제외하면 빈 곳이 없었다. 이지용과 전경련의 멤버들 모임에, IT 회장단 만찬, 정치포럼의 뒷풀이에 연예대상 수상자들 축하연, 거기에 판신위의 추천으로 오는 중국 귀빈에 송야쉔과 쉐쓰총 회장의 지인들까지……

오늘 역시 재벌 2세들의 모임인 V—소사이어티 멤버의 예약이 떡하니 자리를 잡고 있었다.

외국 단체 투숙객들도 예외는 아니었다. 이틀 전에 도착한 프랑스 미식단은 오늘 체크아웃을 하지만 미국과 일본의 미식단이 그 뒤를 잇는다.

이들에게는 알버트 기자와 히로토 기자의 미식 칼럼이 영향을 미쳤다. 이런 상태라면 호텔을 3배로 확장해도 밀려드는 고객을 다 받기 어려울 지경이었다.

식재료부터 확인했다. 세브첸코의 무게감 때문이었다. 그를 잡으면 러시아 개척은 문제 될 것도 없었다. 게다가 리폼 호텔의 위상을 한 단계 올려 줄 정도로 막강한 재력을 가진 사람이었다.

베네치아 스타일의 서대구이를 먹고 10만 불을 쏜 적도 있었다. 그는 플렉스를 즐길 줄 알았으니 그날 안드레아의 테이블에 앉은 모든 이들의 요릿값도 대납을 했다.

페드로 회장과 함께 안드레아의 요리에 넋을 놓은 사람. 그 기대감에 제대로 부응하고 싶은 윤기였다.

디너의 준비 과정을 체크하고 미식하우스로 자리를 옮겼다.

V—소사이어티의 손님은 잘나가는 플랫폼 공동경영자의 2세였다. 절친 세 명과 함께 생일 파티를 겸한 플렉스로 보였다. 이

들 외에 두 예약이 더 있었다. 하나는 폐암 3기에서 완치된 환자와 그 가족. 환자가 엄청난 재력가라고 했다. 마지막은 평범해 보이는 스무 살 여자였다. 하지만 그 과정이 인상적이었으니 미식하우스로 찾아와 부탁을 했다.

"예약은 본관에서 하셔야 해요."

순지가 거절하자 윤기를 기다렸다. 하필이면 늦은 시간까지 손님이 있던 날이었다.

"아직도 안 갔네?"

퇴근 시간, 차에 오를 때 순지가 중얼거렸다. 아가씨는 그때까지도 대문 앞에 있었다.

"누군데?"

윤기가 물었다.

"예약을 하겠다고 해서 본관으로 가라고 했거든요. 그런데……."

"데려와 봐."

윤기가 말했다.

"……!"

사연을 들은 윤기가 소스라쳤다. 부모를 여의고 할아버지 밑에서 자란 아가씨였다. 정보고를 졸업하고 작은 개발 회사에 취직해 첫 월급을 탄 게 그날이었다. 할아버지 선물을 생각하며 걷다가 리폼 호텔을 보았다.

리폼의 스테이크.

아주 끝내준대.

나 돈 모아서 남사친이랑 플렉스하러 갈 거야.

선배들이 떠들던 소리가 떠올랐다.

첫 월급은 220만 원. 할아버지를 위해 뭘 살까 하다가 요리를 택했다. 이유가 있었다. 할아버지는 췌장암이었다. 얼마 전에야 발견이 되었다. 손녀를 키우느라 아무리 아파도 병원에 가지 않았다. 그 대가였다.

"췌장을 덜어 낼 거예요. 수술을 하면 소화에 문제가 생길 수 있습니다."

의사의 말이었다.

선물이 정해졌다.

연로한 할아버지. 수술을 하면 고기를 먹기 힘들 수 있었다. 수술을 하기 전에 맛난 요리를 선물하고 싶었다.

쉽지 않았다.

"6개월은 기다리셔야 돼요."

리폼 호텔에서 들은 말이었다.

데일리 추첨에 도전했다. 매번 떨어졌다. 그건 대학에 진학한 친구들이 수강 과목을 신청하는 것보다 더 힘든 일이었다. 그래서 미식하우스를 찾아왔다. 검색에서 윤기를 본 것이다. 수아의 일과 은서에의 선행. 어쩌면 사정을 봐줄지도 모른다는 생각이 들었다.

"LGY 스테이크요?"

윤기가 물었다.

"네, 셰프님."

"미안하지만 리폼 호텔은 테이블이 없어요."

바로 기겁을 한다. 맥 풀리는 게 적나라했다.

"그래서 말인데, 여기서라도 괜찮다면?"

"네?"

"여기 프라이빗 룸 말이에요."

"꺄악."

윤기 말이 끝나기도 전에 아가씨가 주저앉았다. 너무 좋아서 자지러진 것이다.

"옷은 어떻게 입고 와야 하죠? 정장을 입어야 하나요?"

정신을 차린 그녀가 물었다.

"아뇨. 그냥 편하게 입고 오세요. 7시면 좋겠네요."

"고맙습니다. 고맙습니다. 셰프님."

아가씨의 인사는 네 번 다섯 번 계속되었다.

첫 테이블의 느낌은 싸했다. 두 대의 외제 세단에서 내린 네 명의 여자들, 재벌2세들 모임인 V─소사이어티 멤버답게 굉장한 멋쟁이들이었다. 패션부터 액세서리, 가방에 이르기까지 명품 아닌 게 없었다. 그럼에도 싸한 건 똥 매너 때문이었다.

"여기요, 셰프님."

오늘 생일을 맞이하는 주인공, 두 손을 흔들며 윤기를 불렀다.

"있잖아요, 오늘 제 생일인데 플렉스 좀 하러 왔거든요. 돈 걱정 말고 비싼 요리 쫙 깔아 주세요."

"예약 요리가 있는 걸로 아는데요?"

윤기가 물었다.

"굳이 메뉴 예약을 해야 한다고 해서 몇 개 고른 거예요. 먹다가 추가해도 된다고 하던데 처음부터 쫙, 아셨죠?"

"죄송하지만 예약 요리만 해도 네 분이 실컷 드실 것 같아서요?"

"돈 걱정 말라니까요."

주인공이 카드를 흔들었다.

"어떤 메뉴를 추가해 드릴까요?"

"비싸고 재미있고… 아무튼 뭐든지 괜찮으니까 그림만 맞춰 주세요."

"알겠습니다."

손님은 왕이다. 접수를 끝내고 주방으로 돌아왔다.

"재벌 2세들이라더니 포스부터 다른데요?"

창혁이 메인 홀을 향해 목을 길게 뺐다.

"내가 볼 때는 개싸가지."

순지가 볼멘소리를 낸다. 테이블로 안내하면서 무시를 당한 까닭이었다.

"순지 씨가 참아."

위로를 하고 요리에 들어갔다. 로얄 쿨리비악을 시작으로 로얄 스테이크, 클레오파트라 세트, 다 빈치 세트, 루이 14세 세트까지 준비를 했다.

"누가 더 오는 걸까요?"

메뉴에 놀란 창혁이 물었다.

"그건 아닌 거 같은데?"

"그럼 다들 대식가?"

"모르지. 저번 미식가 선생님처럼 눈으로 먹고 싸 가려는 지……."

윤기가 웃었다. 셰프라고 해서 손님의 취향까지 관여할 자격은 없었다. 일단 루이 14세의 와인 두 병과 나무칩을 내주었다.

그런데.

바로 돌아온 순지가 핏대부터 올렸다.

"우와, 진짜 개싸가지."

"또 왜?"

"와인 있잖아요? 그 비싼 걸로 손을 씻는 거 있죠?"

"진짜?"

칼질을 멈춘 창혁이 고개를 들었다.

"그렇다니까요. 제가 놀랐더니 여기 생각보다 수준 낮은 손님들만 오냐고… 자기들은 클럽에서 돔 페리뇽으로 손 소독하는 게 루틴이라나요? 완전 어이 상실이에요."

돔 페리뇽…….

알망과 더불어 강남 등의 고급 클럽에서 큰손의 기준으로 꼽히는 샴페인이다. 굉장히 비싸다.

"셰프님."

창혁이 고조된다.

"요리하고 있어."

윤기가 메인 홀로 들어섰다. 순지의 말은 사실이었다. 와인을 마시는 여자도 있지만 주인공은 큰 그릇에 따라 손을 닦고 있었다.

"손님."

"왜요?"

태연하게 윤기를 바라보는 주인공.

"죄송하지만 테이블 매너를 지켜 주셨으면 합니다."

"이거요?"

주인공이 와인 그릇을 가리켰다.

"예."

"알았어요. 내가 워낙 클럽에서 술로 손 소독하던 습관이 있어서요."

"……."

"그건 그렇고 좀 럭셔리한 메뉴 없어요? 예를 들면 알마스 같은 거?"

"추가하시겠습니까?"

"있군요. 사람 숫자대로 주세요."

"알겠습니다."

새 오더를 접수했다. 체취는 새콤달콤 쪽으로 기운 주인공. 요리는 제법 먹어 본 모양이었다. 알마스는 희귀 아이템이다. 황금빛 캐비어이기 때문이었다.

이 캐비어는 철갑상어 중에서도 알비노 종에서만 나온다. 포획 확률이 1,000분의 1 이상이기에 대량으로 나오는 식재료가 아니다. 최상품이라면 2kg에 3천만 원까지 받을 수 있는 고가품이었다.

[알마스 캐비어 레드벨페퍼 요거트 리조또]

알마스 캐비어 요리의 이름이었다. 오렌지 빛깔 위에 올라앉은 황금빛 캐비어 한 스푼은 정말이지 명화의 한 장면이 아닐 수 없었다.

알마스 캐비어와 함께 요리가 나오기 시작했다. 슈톨렌도 나오고 히틀러의 초콜릿 영계도 나왔다.

"요리 나왔습니다."

순지의 서빙이 시작되었다.

"아니, 그건 이쪽으로."

주인공이 태클을 걸었다.

"손님, 이 요리들은 세트별로 나온 거라서……."

"그런데 이 아가씨, 아까부터 마음에 안 드네?"

"……."

"셰프님, 요리 설명 좀 부탁해요."

주인공은 바로 순지를 패싱해 버렸다.

슈톨렌을 시작으로 세트를 설명했다. 그때마다 핸드폰을 무례하게 들이민다. 아무리 봐도 식사보다 과시용 사진이 우선인 테이블이었다.

"알마스는 최상급 캐비어입니다. 첨가물이나 방부제를 넣지 않아 캐비어 본연의 맛을 즐길 수 있으니 특별한 시간 되시기를 바랍니다."

설명이 끝났다.

플렉스 테이블의 식사가 시작되었다. 정말이지 가관이었다. 초콜릿 영계를 헤집더니 맛만 보고는 밀어 버린다. 슈톨렌은 아예 쓰레기통으로 처박혔다. 먹어 본 후에 마음에 들면 몇 입 먹고,

그렇지 않으면 죄다 뭉개 버리는 게 아닌가?

"아, 진짜……."

보다 못한 창혁이 나섰다. 윤기가 그 팔을 잡았다.

"셰프님, 이건 요리에 대한 모독이잖아요?"

"나도 알아."

"저는 도저히 못 참겠어요."

핏대를 올리는 창혁 앞에 기준 가격표를 내밀었다. 지금까지 체크된 것만 무려 400만 원을 넘고 있었다.

"……."

창혁의 흥분이 가라앉았다. 나가라고 내쫓으면 돈을 받기 어렵다. 그걸 생각하니 참을 수밖에 없었다.

"죄송해요."

"뭐가?"

"계산요……."

"맞아, 계산. 이거 고쳐 놓으라고."

윤기의 의도는 다른 데 있었다.

"예?"

"다섯 배쯤 올려놔 봐."

"셰프님?"

소스라치는 창혁에게 윤기의 윙크가 날아왔다. 다 생각이 있다는 의미였다.

"2천만 원요?"

계산서를 받아 든 주인공이 윤기를 바라보았다.

"네."

"여기요."

두말없이 카드를 내민다.

"일시불요?"

뒤의 순지가 물었다.

"오케이."

주인공의 답이었다.

광풍이 물러갔다. 요리는 반의반도 먹지 않았다. 마음이 아프지만 음식물 쓰레기로 갈 수밖에 없었다.

"아, 진짜 개싸가지들… 돈이 썩나 봐. 이 비싼 요리들을… 아까워 죽겠네."

테이블을 정리하는 순지 입에서 불평이 멈추지 않았다.

"착한 일에 기여한 요리니까 너무 열받지 마."

"착한 일요? 그냥 버려야 하는데도요?"

"2천만 원 받았잖아? 결산 팀에 말해서 기준 가격인 400만 원만 입금하고 나머지는 인출해서 복지관에 기부할 거야. 그럼 좀 위로가 되겠지?"

"셰프님."

순지 표정이 살짝 펴졌다.

"대신 아까 그 팀들 영구 블랙리스트에 올려. 다시는 우리 호텔에 발붙이지 못하게."

"좋아요."

순지가 쌍수를 들고 환영한다. 플렉스도 플렉스 나름이다. 이건 플렉스가 아니라 돈지랄이다. 세상에는 요리가 아까운 손님도 있었다.

왕재수 재벌2세.

순지는 윤기 몰래 소금까지 뿌렸다.

두 번째 테이블은 아주 달랐다. 폐암에서 완치된 아버지를 모시고 온 가족이었다. 다 빈치 세트와 쿨리비악을 시켰다. 요리 한 점을 먹는 것에도 감동하고 감사하는 마음이 느껴졌다.

"배 원장님 말이 여기 요리가 수술보다 나을 거라더니 진짜 맛있네요?"

회복된 아버지의 소감이었다.

"아버지, 많이 드세요. 여기 메뉴들 다 드셔도 괜찮아요."

아들이 요리 접시를 밀어 주었다.

"수술비도 꽤 냈을 텐데?"

"그깟 돈이 문제예요? 아버지가 완치되셨는데?"

"그럼 오늘 우리 아들 믿고 허리띠 한번 풀어 볼까?"

"그러세요. 원장님 말씀도 체력을 회복하려면 잘 먹어야 한다고 했어요."

"셰프님, 들으셨죠? 우리 아들 녀석인데 마음 변하기 전에 쿨리비악하고 오리알 튀김 좀 주세요. 이 기회에 뽕을 뽑아야겠어요."

아버지의 오더가 추가되었다.

분위기가 너무 좋다. 아까 받은 불쾌함이 싹 사라지는 순간이었다.

축하의 의미로 고구마 뇨키와 표고버섯 카넬로니를 서비스로 주었다.

"셰프님 고맙습니다."

아들이 대표로 말했다.

찰칵.

그들도 사진을 찍는다. 하지만 달랐다. 과시를 위한 게 아니라 추억을 담는 그림이었다.

"셰프님."

순지가 새 손님의 도착을 알렸다. 할아버지와 예약한 그 아가씨였다.

"프라이빗 룸으로 모셔."

윤기가 말했다.

"프라이빗 룸요?"

순지가 윤기를 바라보았다. 프라이빗 룸은 아무나 앉지 못한다. 더구나 이 손님들은 VIP급도 아니었다.

"프라이빗."

윤기가 한 번 더 강조했다.

"안녕하세요?"

아가씨가 꾸벅 인사를 해 왔다. 그 손은 할아버지의 팔에 있었다. 잔뜩 상기된 뺨이 얼마나 설레고 있는지를 보여 주었다.

할아버지 복장은 정말 언밸런스였다. 몇십 년 전의 패션에 신발은 운동화. 새로 깎은 머리가 오히려 안쓰럽게 보였다.

"앉으세요."

윤기가 의자를 빼 주었다. 할아버지는 몸 둘 바를 몰랐다. 비싼 음식점은 처음인 모양이었다.

"여기 너무 비싼 데 아니니?"

손녀를 향해 속삭인다.

"오늘 딱 한 번이라니까."

손녀가 안심을 시킨다. 하지만 정작 그 본인도 불안스러워 보였다. 할아버지 앞이라 태연한 척하지만 그녀도 이런 곳이 처음이었다.

"스테이크죠?"

윤기가 물었다.

"네."

"와인이나 샴페인은?"

"물이면 되요."

손녀의 대답은 즉각적이었다.

"쿨리비악은 왜요?"

주방의 창혁이 물었다. 스테이크를 굽기 전에 쿨리비악를 만들었기 때문이었다.

"착한 손녀를 위한 서비스."

"아, 그래서 크기가 작은 거군요."

"응, 아가씨도 잔뜩 굳어 있잖아? 정식 쿨리비악을 내주면 계산이 많이 나올까 봐 걱정이 앞설 거야."

"호텔은 처음인 모양이에요."

"그런 것 같다."

"큰마음 먹고 왔겠는데요."

"순지 씨에게 말해서 기준 가격을 30%쯤 낮춰서 적으라고 해."

"네?"

"아가씨가 기준 가격 검색해 보고 오지 않았겠어?"

"그랬겠죠."

"내가 보니까 2배 냈다, 3배 냈다 하는 포스팅이 많더라고. 아가씨 태도를 보니 고민 좀 할 것 같잖아? 그러니 미리 손 좀 써놔."

"알겠어요. 그런데 저러다 체하는 거 아닐까요?"

"체하면 내려 줘야지."

윤기가 오븐을 열었다. 쿨리비악이 안으로 들어갔다. 그사이에 스테이크가 준비되었다. 할아버지와 손녀의 체취를 그대로 반영했다. 할아버지 것은 고소하게 아가씨 것은 감칠맛을 강조했다.

"와아아."

스테이크가 나가자 손녀가 환호했다. 할아버지 얼굴도 살며시 펴졌다.

"할아버지, 이게 그 유명한 LGY 스테이크예요. LGY가 뭐냐면 이지용 회장님 알죠? 신세기 그룹?"

"알지."

"그 회장님이 병에 걸려서 아무것도 못 먹었는데 이 스테이크 먹고 회복되었대요. 그러니까 할아버지도 알죠?"

"그래."

"이거 봐요. 이게 바로 랍스터 카르파치오야. 이 안에 든 건 콩 팥 패티인데 레오나르도 다 빈치가 좋아하는 요리였대요."

"다 빈치?"

"할아버지 모나리자 알지?"

"볼펜?"

"아유, 그럼 말이야, 이거."

손녀가 모나리자 그림을 찾아 내밀었다.

"아."

"이거 그린 사람이야. 그리고 이 쬐그만 건 메추리알 후라이가 아니라 분자요리, 이 작은 주먹밥에는 트러플하고 푸아그라도 들어갔대."

"으응."

"게가 너무 귀엽지 않아요? 옛날에 할아버지가 바다에서 잡아준 거랑 똑같아."

"냄새도 푸근한 게 좋구나. 갓 잡아 숯불에다 굽는 소고기는 저리 가라네?"

손녀가 스테이크를 썰자 할아버지가 군침을 삼켰다.

"드세요. 이게 굉장히 부드러워서 이빨이 없어도 먹을 수 있는 거래요."

손녀가 한 점을 찍어 손에 쥐여 준다. 그 볼에는 스테이크의 핑크센터보다 더 아련한 분홍이 피어 있다. 눈에는 자부심과 사랑이 한가득이다. 어쩌면 스테이크보다도 더 푸근한 게 손녀의 눈길이었다.

윤기.

괜히 가슴이 시려 더 바라보지 않았다.

"할애비 걱정 말고 너나 어여 먹어."

"알았어요."

그사이에도 두 사람의 애정은 모락모락 피어난다. 손녀가 스테이크를 집는다. 핑크센터를 한 조각 무니 꽃이 꽃을 먹는 것 같았다.

"맛있죠?"

"그냥 녹는데?"

"할아버지, 수술 끝나고 퇴원하면 여기 또 오자?"

"여긴 비쌀 거 같아."

"나 이제 돈 벌잖아? 우리 회사 보너스도 나온대……?"

몇 점을 먹던 손녀가 눈살을 찌푸린다. 음료를 집어 든다. 시원하게 마시지 못하고 내려놓는다.

"진짜 체한 거 아닐까요?"

지켜보던 순지가 윤기를 돌아보았다.

"그런 거 같은데?"

윤기가 직접 음료를 집어 들었다.

"음료 리필이에요. 맛이 어때요?"

음료를 주며 손녀에게 물었다.

"너무 좋아요."

"안색이 차가운 거 같은데 혹시 속 불편해요?"

"아까까지도 괜찮았는데 좀 급하게 먹었나 봐요. 조금 있으면 내려갈 거예요."

"내가 보기엔 제대로 체했어요. 손 좀 줘 보세요."

"괜찮은데……."

"체기 빨리 내리고 할아버지랑 같이 먹어야죠."

"……."

그 말이 손녀의 마음을 움직였다. 그가 손을 내밀었다. 미리 가져온 꼬챙이로 혈 자리를 자극해 주었다. 기선 제압을 위해 처음부터 강자극. 두 번을 거듭하자 꾸르륵, 내려가는 소리가 들렸다.

"편해졌어요, 셰프님."

손녀 목소리가 밝아졌다.

"서비스 나왔습니다."

때마침 순지가 쿨리비악을 내려놓았다. 손녀가 윤기를 쳐다본다. 걱정이 한가득한 눈빛이었다.

"예약 번호에 따라 나오는 서비스예요. 식기 전에 드세요."

"와아, 이거 황금보스키상, 맞죠?"

마음을 놓은 손녀가 반색을 했다.

"고맙습니다, 셰프님."

벌떡 일어나 허리까지 숙이는 손녀. 덕분에 윤기 기분도 좋아졌다.

"할아버지, 이게 엄청 유명한 거야. 이 안에 뭐가 들었는지 알아요?"

손녀 목소리가 피아노 건반 위를 날아다닌다.

"서양 만두냐?"

"아유, 할아버지는… 만두가 뭐야? 이게 쿨리비악이라는 거야. 이 안에 뭐가 들었냐 하면… 짜자잔."

손녀가 할아버지의 쿨리비악을 갈라 놓았다.

"고기만두 맞네?"

할아버지의 눈에는 아무리 봐도 고급스러운 만두일 뿐이었다.

"피이, 알았어요. 아무렴 어때. 얼른 먹어요."

할아버지를 살갑게 챙긴 손녀, 사진으로 남기고 자기 몫을 먹기 시작한다.

"너무 맛있죠?"

손녀가 웃는다.

"그래. 입안에서 살살 녹는데?"

"수술 잘될 거 같죠?"

"응."

"할아버지, 우리 건배해요."

손녀가 음료잔을 집어 들었다.

"다 마셨는데?"

"⋯⋯?"

손녀가 당황할 때 순지가 또 출동했다.

"이 테이블 음료는 무한 리필이에요."

눈치 빠른 순지가 웃었다.

쨍.

윤기표 음료잔이 허공에서 키스를 했다. 두 접시의 요리는 설거지 수준으로 비워졌다. 정말이지 소스조차 남지 않았다.

"끝,"

손녀가 만세를 불렀다.

"정말 맛나는 집이로구나?"

할아버지 표정도 만족스러웠다.

"더 필요한 건 없으시고요?"

순지가 계산서를 가져다주었다.

"어머."

계산서를 받아 든 손녀가 자기 입을 막았다. 예상보다 낮은 기준 가격 때문이었다.

"저기요, 이거 가격 잘못된 거 아닌가요?"

보통은 그냥 내고 가면 그만, 손녀는 이것조차도 양심적이었다.

"저희가 비공개 번개 이벤트를 하거든요. 오시는 순번에 따라 할인을 해 드리기도 하는데 30% DC 순번이세요."

윤기가 나와 설명을 했다.

"와아, 정말요?"

"네."

"그럼 저 2배로 계산해 주세요. 너무 잘 먹어서 10배쯤 드리고 싶기는 한데……."

손녀가 카드를 내밀었다. 두 손이다. 너무 공손하니 윤기도 예의를 다해 받았다. 돈이 품격을 만드는 게 아니었다. 돈이 없어도 얼마든지 품격을 갖출 수 있다. 이 손녀와 할아버지가 그랬다.

"고맙습니다. 셰프님."

"이건 서비스요."

윤기가 작은 상자를 내밀었다.

"서비스가 또 있어요?"

"세 가지 나무칩이에요. 심심풀이로 먹기 좋아요."

"고맙습니다."

"수술 잘되기를 바랍니다."

"그럴 거예요. 할아버지가 막 힘이 난대요."

손녀가 할아버지의 팔짱을 끼며 웃었다. 그러다 용기를 내며 말을 이었다.

"죄송하지만 셰프님과 인증 샷 한 장 찍을 수 있을까요?"

그 한마디에도 얼굴이 한없이 붉어진다.

"문제없죠."

윤기가 손녀 옆으로 섰다.

찰칵.

사진이 순간을 기록했다.

"한 번 더 찍으세요."

윤기가 말했다. 자칫 잘 나오지 않을 수도 있기 때문이었다.

찰칵.

또 한 번 카메라가 돌아갔다.

"고맙습니다. 셰프님."

사진 한 장에도 허리를 굽히는 손녀. 두 사람은 몇 번이나 더 인사를 남기고서야 미식하우스를 나갔다.

"심쿵해요. 그 개싸가지들에게 버린 눈이 정화되는 느낌 있 죠?"

순지가 중얼거렸다.

"그렇지?"

"수술 잘됐으면 좋겠네요."

"잘될 거야. 저런 친구들이 안 되면 신도 직무 유기일 테니까."

윤기가 웃었다.

손녀는 호의를 갚았다.

할아버지의 췌장암 수술이 끝나기 무섭게 기막힌 포스팅을 올렸다. 윤기의 호의와 윤기의 요리, 그리고 할아버지의 수술을 묶었다.

사진과 소감을 적은 그 포스팅은 감동이 한가득이었다. 읽는 사람마다 찡한 감동을 느꼈으니 기사로 소개가 되었다. 이번에는 이상백이 아니라 다른 기자였다.

그 기사가 대박이 났다. 착한 손녀의 애틋한 사연이 알려지면서 성금이 답지되었다. 윤기도 동참을 했다. 불시 예약의 특권을 제공한 것이다.

[고맙습니다, 셰프님. 할아버지 안정되면 꼭 갈게요. 행운의 요리 덕분에 수술비 걱정도 덜었거든요.]

손녀의 문자가 들어왔다. 인심 한 번 쓰고 두고두고 행복해지는 윤기였다.

＊　　　　＊　　　　＊

"명화 전시회요?"

리폼 메인홀의 복도에서 윤기가 물었다. 장태산의 설명을 들은 후였다.

"지난번에 대략 말씀 나누지 않았습니까?"

"추진이 된 모양이군요?"

"교황 덕분에 속도가 빨라졌습니다."

"어떤 명화를 헌팅 중이신가요?"

"살바도르 달리입니다. 셰프님과 딱 맞는 그림이지요."

살바도르 달리.

천재 화가다. 동시에 미식가이며 셰프가 되고 싶었던 사람이었다. 그런 그를 안드레아가 지나쳤을 리 없었다. 그가 태어난 스페인까지 갔었고 그가 펴낸 요리책 'Les Diners de Gala'까지 구매했었다. 미식가로서 달리는 성게알과 양고기, 콩 등의 애호가였다.

100가지가 넘는 그의 요리책 레시피에는 천재다운 방법도 나온다. 특히 1,000년 동안 묵힌 달걀이 대표적인데 그래서인지 계란프라이를 좋아하기도 했다.

1,000년 묵힌 계란으로 요리를 하면 어떨까?

요리사로서 진지하게 생각했던 일이기도 했었다.

책에는 산더미처럼 쌓은 랍스타 요리도 나온다. 그것 외에도 기막힌 요리가 한둘이 아니니 윤기의 리폼과는 어울리는 작품전이 아닐 수 없었다. 동시에 장태산의 플랜도 알 것 같았다.

"살바도르 달리 특별전에 살바도르 달리 요리 특별전, 부사장님 플랜이로군요?"

"역시 대표님이시군요. 달리는 그 천재적인 초현실주의 작품성 때문에 많은 사람들의 사랑을 받습니다. 특히 창작이나 영감을 구하는 사람들에게 그렇죠. 달리의 작품전을 하면서 달리가 애호하던 요리전을 한다면 폭발적인 반응을 얻을 겁니다. 달리 작품을 주관하는 에이전시에서도 즉각적인 반응을 보이더군요. 셰프님이라면, 작품의 스케줄을 맞춰 보겠다고 했습니다. 게다가……."

"……?"

"그 담당자 말이 자신과 관장님도 그 요리의 예약에 넣어 달라고까지 했습니다. 셰프님이라면 달리의 작품 세계를 관통하는 요리를 구현할 것 같다나요."

"와우."

"어떻습니까?"

장태산의 눈은 산더미처럼 쌓아 놓은 랍스타 요리처럼 열정 덩어리로 보였다.

"당장 진행하세요."

윤기 허락이 떨어졌다.

"그다음 타깃은 다 빈치입니다. 우리는 이미 다 빈치 코스 메뉴를 가지고 있지만 다 빈치 작품전은 유치하지 못했죠. 다 빈치의 작품을 보면서 다 빈치 코스를 즐길 수 있다면 그 또한 새로운 매력이 될 게 틀림없습니다."

"그다음은요?"

"음악입니다. 로시니의 연주를 주제로 로시니가 애호하던 오리고기의 날을 운영하고 또 다른 대가들의 음악과 요리의 매칭을 계속해 가는 겁니다. 명화와 명곡의 주인공은 얼마든지 있으니까요."

장태산의 에너지가 폭발하고 있었다. 정말이지 대화하는 것만으로도 케미가 척척 들어맞는 두 사람이었다.

"부사장님."

"예, 셰프님."

"그 플랜의 사이사이에 우리나라 화가와 음악가도 넣어 주세요."

"여부가 있습니까? 편식이 되지 않도록 서양과 동양의 조화도 이룰 생각입니다."

"제가 특별 요리 한 접시 내야겠는데요? 부사장님 에너지가 고갈되지 않도록?"

"기왕이면 달리의 성게알로 부탁드립니다. 저도 성게알 좋아하거든요."

"좋죠. 달리는 피카소와 더불어 성게 마니아로 불릴 정도니까요."

"한자리에서 36개를 먹어 치운 기록도 있다고 들었습니다."

"배 터지게 먹고 창작의 영감을 얻었답니다. 주로 보름달이 뜨기 하루나 이틀 전에 감행하는 걸 좋아했죠. 실제로 성게의 생김새에서 기하학적 아름다움을 발견해 응용하고 성게를 오브제로 그린 작품도 많잖아요?"

"그래서 전시회도 보름 이틀 전에 시작해서 보름달이 뜨면 끝나는 것으로 갈까 싶습니다."

"찬성입니다. 사람들의 흥미를 끌 수 있을 것 같네요."

"그건 그렇고… 곧 러시아의 부호께서 오실 예정이죠?"

"세브첸코 말이군요?"

"지원해 드려야 할 사항은 없습니까?"

"꼭 필요한 게 실장어인 안그라스입니다. 세브첸코가 좋아하는 단품 메뉴의 하나죠. 제가 구하고는 있는데 애로가 생길 수 있으니 부사장님도 좀 알아봐 주세요."

"걱정 마십시오. 다른 것은요?"

"러시아어를 하는 사람이 한 명쯤 있으면 좋겠죠?"

"제 생각도 그렇습니다. 세브첸코라면 영어로 되겠지만 형제들이라니 영어를 못 하는 사람도 있지 않겠습니까? 능통자로 구해서 대기시키겠습니다."

"아쉬운 점은 숙박을 하지 않는 것입니다."

"옥에 티죠. 하지만 그런 것 따질 클래스가 아니더군요. 세브첸코라면 세계 최고의 호텔에서 서로 유치하려는 VVIP십니다."

"사진을 부탁드려야겠네요?"

"해 주신다면 제게는 큰 힘이 되죠. 세브첸코가 떡하니 앉은 테이블 사진을 보여 주면 에이전시나 VIP 홍보에 제대로 먹힐 테니까요."

"아, 조리부 신규 직원 채용은요?"

"그것도 잘 진행되고 있습니다. 어쩌면 반응이 굉장할 것 같습니다."

"부사장님이 수고 좀 해 주셔야겠네요."

"서류는 제가 걸러 드리죠. 중요한 건 요리 실력인데 그건 제 영역이 아닙니다."

"그럼 이제 성게알로 갈까요? 점심 시간 직후에 제 프라이빗 룸으로 오세요."

윤기가 일어섰다. 맛있는 요리를 할 시간이었다.

*　　　　*　　　　*

"팀장님, 요즘 윤아 씨랑 잘되어 가나요?"

런치 메뉴를 진행하며 경모에게 물었다.

"11월에 유럽 배낭여행 가기로 했어."

경모가 속삭였다. 얼굴에는 홍조가 가득하다.

"그래서 요즘 팀장님 요리가 좋아졌다고 난리로군요?"

"진짜?"

"그럼요. 제가 귀는 잘 열어 놓고 살거든요."

"요리가 즐겁기는 해. 윤아 씨도 새 메뉴 없냐고 성화고."

"사랑을 하면 요리가 행복해진다죠?"

"나는 요리가 행복해서 사랑이 온 거 같아. 송 셰프 덕분이지."

"제가 뭘요."

"나, 실력도 없는 주제에 매너리즘에 빠졌었잖아? 그저 기계적으로 메뉴 레시피 반복하는… 그런데 지금은 아니거든. 그게 자신감이 되다 보니 윤아 씨에게도 떳떳하고……."

"팀장님은 원래 잠재력이 있던 분이에요. 잠시 정체되어 있던 것뿐이죠."

"고마워."

경모가 웃었다. 그에 대한 칭찬은 괜한 말이 아니었다. 주희의 보고였다. 주희는 모든 요리의 반응에 대해 피드백을 받고 있었다. 요리사들을 닦달하기 위한 자료가 아니었다. 개선점과 만족도를 높이기 위한 업무 방식이었다.

경모의 요리에 대한 고객들의 만족은 높았다. 무엇보다 조금씩 발전하고 있다는 게 고무적이었다. 그 시발점이 바로 팀장 승진이었다. 책임감과 사명감이 요리에 녹아든 것이다.

조리실 열기가 뜨거울 때 밖으로 나왔다. 퀵보드를 타고 미식

하우스로 달린다. 런치로 예약된 두 팀 때문이었다. 아, 이제는
세 팀이었다. 장태산의 성게 테이블도 준비해야 했다.

[통꿩 기름구이]
[거위알 튀김]
[히틀러의 초콜릿 영계]
[교황의 리에브르]

런치의 예약 메뉴들이었다. 꿩 기름구이는 마니아층이 생길
정도로 인기를 구가했다. 히틀러의 초콜릿 영계 또한 연예인이
나 유명 인플루언서들에게 각광을 받았다.

그 사진 한 장 없으면 맛집 좀 아는 대세에 끼지도 못 한다는
조크가 나돌 정도였다.

교황의 리에브르는 말할 것도 없었다. 주문이 폭주하는 바람
에 구 총주방장까지 요리에 나서고 있었다.

오늘 프라이빗의 첫 손님은 김혜주의 추천이었다. 후배 연예인
인데 슬럼프에 빠졌다. 천만 영화를 찍고 난 후에 시도한 세 편
의 영화에서 줄줄이 죽을 쑤고 있었다.

그녀는 아홉 살 딸과 단둘이었다.

"요리 나왔습니다."

윤기가 직접 서빙을 했다.

"와아."

딸이 먼저 반색을 한다.

메뉴는 교황의 리에브르와 거위알 튀김이었다.

"셰프님."

다른 요리를 진행 중일 때 순지가 다가왔다.

"왜?"

"프라이빗 테이블 손님요, 요리는 먹지 않고 사진만 찍고 있어요."

"요리가 잘못되었나요?"

창혁이 걱정스러운 표정을 지었다.

"그런 것 같지는 않아요."

"딸은?"

윤기가 물었다.

"딸은 잘 먹어요."

"그럼 그냥 둬. 방해하지 말고."

"알았습니다."

윤기는 하던 요리를 마무리했다. 통꿩 기름구이였다. 껍질의 황금빛이 예술이었다. 손을 대면 바스락 소리가 날 것 같았다. 플레이팅을 마치고 프라이빗 룸으로 들어섰다.

"서비스입니다."

나무칩을 가만히 놓아 주었다.

"고마워요."

연예인이 답했다. 그녀의 거위알 튀김은 여전히 그대로였다. 정확하게 절반을 갈라 놓은 채.

"요리를 들지 않으셨네요? 문제가 있었을까요?"

조심스레 물었다.

"아뇨. 맛나게 먹었어요."

연예인의 답이었다.

"……?"

윤기가 잠시 숨을 골랐다. 요리는 그대로인데 먹었다고 말했다. 이런 사람이 있었다. 미식의 도에 들었다던 그분. 하지만 이 연예인의 체취는 그 정도 수준에 올라 있지 않았다.

"마음으로 드셨군요?"

윤기가 선문답으로 분위기를 맞춰 주었다.

"혜주 선배 말을 체험하고 있어요."

"네?"

"선배님이 그랬어요. 제가 요리에 별생각이 없다고 했더니… 셰프님의 요리라면 보는 것만으로도 재충전이 될 거라고."

"예……."

"이 거위알 튀김 말이에요, 마치 양파 같아요, 거위알 안에 오리알, 오리알 안에 계란, 그 안에 황금 메추리알……."

"……."

"마치 연기의 세계를 상징하는 것 같잖아요. 늘 새로운 역할을 연기해야 하는 직업… 최고를 바라는 팬들의 기대에 부응하지 못해 괴로웠는데 이걸 보다 보니 제가 뭘 망각하고 있는지 깨달음이 왔거든요."

"제가 들을 수 있을까요?"

"제 자신의 정체성요."

"정체성?"

"작품마다 다른 얼굴로 연기한다고 해도 결국 제 자신에 대한 정체성은 사수해야 했어요. 그런데 인기를 끌면서 그걸 망각한 거죠. 팬들이 바라는 저를 잊어버리고, 제가 연기하면 팬들이 열광한다고 착각을 해 버린 거예요. 이 요리에 비교하자면 황금 메추리알에 이르려면 거위알과 오리알, 계란의 과정을 지나야 하는데 저는 결과만 바라고 있었던 거죠. 그게 팬들에게 읽힌 거고요."

"아……."

"그걸 깨닫게 되니 차마 먹을 수가 없네요. 그래서 이건 제 영혼의 식사로 남겨 두려고요. 다른 이유는 없으니 절대 섭섭해하시지 마시기 바랍니다."

"그런 이유라면 제가 영광이죠."

"혜주 선배… 정말 부럽네요. 저도 재기하면 여기 단골이 되고 싶은데 괜찮을까요?"

"엄마, 나도."

딸이 앙가슴을 들이밀었다.

"그럼, 누구 딸인데?"

연예인이 딸 어깨를 감싸안았다.

"그러세요. 보란 듯이 재기하셔서 제 요리를 깨끗이 비워 주시기 바랍니다."

윤기가 말했다.

연예인은 기준 가격의 3배를 내고 갔다.

"한 배는 요리를 위해, 두 배는 제 재기를 위해, 마지막 세 배는 셰프님과 다시 만날 날을 위해서예요."

그녀의 해석이 걸작이었다.

"셰프님."

런치의 끝에 장태산이 들어섰다. 전송화 화백과 둘이었다.

"어, 화백님?"

윤기가 먼저 인사를 했다.

"저 불청객인데 괜찮겠어요? 우리 장 부사장님이 살바도르 달리 특선 맛보여 주신다길래 염치없이 따라왔는데?"

전송화가 웃었다.

"살바로드 달리전 말입니다. 전 화백님이 해외 관계자에게 다리를 놓아 주셨거든요. 그래서 아예 샘플 요리를 보여 드리려고요, 셰프님이 바쁘시면 제 요리는 빼 놓으셔도 됩니다."

장태산의 해명이었다.

"몇 분 더 오셔도 괜찮습니다. 앉으세요."

윤기가 자리를 권했다.

"창혁아, 초콜릿과 사이펀 좀 준비해 줘."

주방으로 돌아와 창혁에게 말했다. 전 화백의 초콜릿 무스는 특별하게 만들어야 한다. 그녀에게 당뇨가 있기 때문이었다.

살바로드 달리의 요리는 성게알 스파게티였다. 사실 서양인들은 날것의 해산물을 즐기지 않는다.

달리의 조국인 스페인도 다르지 않았다. 여기의 예외가 바로 성게알과 굴이었다. 레몬즙을 뿌리거나 혹은 트러플을 뿌려 날 것으로 먹는다.

성게알 파스타는 이탈리아에서도 잘나간다. 싱싱한 날 성게알을 넣고 요리한 크림 스파게티는 부드러운 바다의 맛을 만끽하게 만든다. 혀에 닿는 느낌도 좋고 탱글한 식감으로 씹히는 맛까지 있어 대중의 사랑을 받고 있었다.

스파게티 외의 메뉴도 준비했다. 해초 위에 성게알을 올리고 레몬즙을 더한 후에 화이트 트러플을 살살 뿌려 놓았다.

마무리는 전송화가 좋아하는 초콜릿 무스. 계란과 설탕, 버터의 과정을 생략한 까닭에 칼로리가 20여 배 이상 다운되는 그 레시피였다.

"와아, 초콜릿 무스까지요?"

요리가 나가자 전송화가 환호를 했다.

"이거 제 전용 레시피의 그것 맞죠?"

"물론이죠."

"나 오늘 곁다리인데 이렇게 대우받아도 돼요?"

전송화가 윤기를 바라보았다.

"저희 멤버잖습니까? 그런데도 곁다리라면 적어도 황금 곁다리 정도는 되실 것 같습니다."

"그럼 배경도 갖춰 볼까요?"

장태산이 노트북을 펼쳤다. 화면에 달리의 작품들이 떴다. 슬라이드 쇼가 시작된다. 테이블은 달리의 그림을 보면서 달리가 사랑하던 요리를 먹는 시식회로 변했다.

"송 셰프님."

전송화가 윤기를 바라보았다.

"네, 화백님."

"대체 이런 생각은 어떻게 하는 거예요? 나 부사장님 얘기 듣고 깜짝 놀랐어요. 진짜 센세이션이에요."

"제 머리가 아니고 부사장님 머리입니다."

"부사장님은 반대로 얘기하세요. 뭐가 되었든 정말 천재시네요. 달리의 명화를 보고 달리가 좋아하던 요리를 먹는다? 이건 정말 치명적인 유혹이에요."

"셰프님."

스파게티를 말던 장태산이 찡긋 신호를 보내왔다.

우리나라 화가.

그 단어가 윤기 뇌리를 스쳐 갔다. 이제 보니 장태산은 다 생각이 있었다.

그렇기에 전송화를 대동한 것이다. 게다가 그녀라면 그만한 자격이 되고도 남았다.

"그다음은 화백님 차례가 될 것 같으니 허락해 주시기 바랍니다."

윤기의 순발력이 빛을 발한다. 윤기와 장태산의 케미는 환상이었다.

"말도 안 돼. 나는 달리처럼 구색을 맞출 요리가 없잖아요? 기껏해야 이 초콜릿 무스에 치킨 정도인데?"

전송화가 고개를 저었다.

"화백님이 허락하시면 화백님의 트레이드마크인 소나무와 관련된 요리 레시피를 준비하겠습니다. 가깝게는 소나무칩을 시작으로 송화가루를 이용한 요리, 어린 솔방울 튀김에, 솔 향 스파게티, 솔 향 훈연의 바비큐, 나아가 송이버섯까지… 어쩌면 너무 많아서 고르기 힘들지도 모르겠습니다."

"……?"

윤기의 설명에 압도되는 전송화였다. 듣고 보니 그랬다. 더구나 요리사는 윤기. 그 실력이라면 뭘들 만들어 내지 못할까?

"송 셰프……."

"그럼 허락하신 걸로 알겠습니다."

윤기가 말하자.

"서명을 부탁드립니다."

장태산이 바로 서류를 내밀었다.

제5장

—

백만 불짜리 만찬

[러시아 미식가 세브첸코 형제의 미식 방한]

세브첸코 방한 기사가 인터넷에 떴다. 이상백의 작품이었다. 러시아에서는 대표적인 재벌로 꼽히는 세브첸코. 그의 미식 쇼핑은 큰 관심을 받았다. 더구나 일본 방문길이었다. 이것 하나만으로도 일본 요리사들의 자존심에 금이 갔다.

일본은 프랑스, 중국과 더불어 세계 미식을 선도하는 나라로 꼽히고 있었다. 그런 나라의 방문길에 한국 셰프의 요리를 먹기 위해 기착한다는 것. 일본에게는 반가운 소식일 수 없었다.

이상백도 그 점을 슬쩍 자극했다. 교황에 이어 세브첸코. 그 팩트를 제시함으로써 미식의 관심을 한국으로 돌려 놓는 기사였다.

"셰프님."

숙성실을 보고 있을 때 창혁이 다가왔다. 그 손에 들린 건 참새였다. 살이 통통한 놈으로 열두 마리였다.

"김풍원 사장님이 보내셨어요. 어렵게 구했다면서……."

"수고했어."

윤기가 참새를 받았다. 세브첸코를 위한 특식 재료였다.

"참새 요리 하시게요?"

"응, 말하자면 코리아 스타일의 오르톨랑?"

"프랑스 전통요리 말이죠?"

"공부했구나?"

"하지만 지금은 금지 요리잖아요?"

"뭐 표면적으로만 그렇지. 이 시각에도 프랑스 곳곳에서 즐기는 사람들이 있을걸? 보자기로 얼굴을 덮은 채 말이야."

"그렇게까지 몰래 먹어야 할까요? 잔인한 요리법 때문에 비난이 높던데……."

"보자기로 얼굴을 덮는 건 몰래 먹으려는 게 아니야. 눈을 가리고 먹으면 맛이 더 좋기 때문이지."

"그래요?"

"우리도 좋은 맛을 음미할 때는 눈을 감잖아."

"아……."

"세브첸코 회장이 오르톨랑 마니아시거든. 일부러 오는데 알면서 뺄 수는 없고, 예약한 요리에도 들어가는 메뉴고… 그렇다고 많은 사람들이 비난하는 요리를 버젓이 낼 수도 없지?"

"제 말이……."

"그 대안이 이 참새야."

"……."

"금방 잡은 거 맞지?"

윤기가 참새를 보았다. 털만 벗겼지 배도 가르지 않은 통짜였다.

"그렇다고 했어요. 살도 싱싱하잖아요?"

"그럼 이물질 잘 살핀 후에 아르마냐크 브랜디에 담가 놔. 원래는 산 채로 넣는 거지만 아직 싱싱하니까 담가 놓으면 브랜디가 어느 정도 흡수될 거야."

"이걸로 오르톨랑을 만드실 거로군요?"

"오르톨랑은 촉새인데 알고 보면 다 참새과야. 먹는 법도 참새구이처럼 뼈까지 씹어 먹거든. 분자요리 기법을 응용하면 오르톨랑의 풍미를 그대로 살릴 수 있을 거야."

"셰프님이라면……."

창혁이 웃었다.

"재료가 다르니 미리 만들어서 검증을 해 봐야 해."

"검증한다고요?"

"가스파르 예약이 잡혔거든. 그분이라면 제대로 검증할 수 있지. 만약 실패라면 어쩔 수 없이 음식물 쓰레기통 행이 될 테고."

참새가 창혁의 손으로 넘어갔다.

퇴근 무렵 셰프들이 미식하우스로 들어섰다. 진규태와 경모, 명규 등이었다.

"와아."

테이블을 본 셰프들이 탄성을 질렀다. 빨간 보석이 담긴 듯한 요리의 비주얼 때문이었다.

"재료가 뭐야?"

진규태가 윤기를 바라보았다.

"튀긴 건 닭껍질 같고… 또 하나는 소 힘줄?"

"보리수 물을 들인 소 힘줄—닭껍질 카나페입니다. 금방 맞히니까 시시한데요?"

"맞혔어?"

"보리수즙에 물을 들였어요. 새콤한 맛에 붉은 색감을 살리려고요."

"물이 투명하게 잘 들었는데?"

"시식해 보세요."

윤기가 젓가락을 건네주었다.

와삭, 바삭.

여기저기서 청량한 소리가 울렸다.

"고소하면서도 담백한데?"

경모의 소감이었다.

"맛 펀치가 묵직해요. 보리수즙 효과인가요?"

명규의 소감이 이어진다.

"세브첸코의 테이블에 올릴 소품을 준비 중인데 반응이 좋아 다행이네요."

윤기가 웃었다.

"그나저나 어떡할 거야? 창혁이로 되겠어? 사람은 6명이지만 60명 같은 6명이라며?"

진규태가 물었다.

"그러잖아도 그것 때문에요. 본관도 바쁘지만 한 분만 더 지원해 주셔야겠어요."

"누구 보내 줄까?"

"세브첸코의 중량감을 생각하면 세 분 중의 한 사람이 와야겠죠? 그래서 잠깐 들르라고 했어요."

"피 터지게 경쟁 시키려고?"

"당연하죠. 어때요? 희망하시는 분은 이 카나페를 완성시켜 주세요. 뭔가 하나가 부족한 느낌이거든요."

윤기가 주방을 가리켰다. 이제는 익숙해진 일이다. 리폼 호텔의 셰프들은 이런 이벤트를 즐겼다. 윤기로부터 비롯된 일이었다.

"그렇다면 피할 수 없지."

"제 말이요."

세 명의 셰프들이 앞치마를 둘렀다. 닭껍질과 소 힘줄은 준비되어 있었다. 다른 재료는 자유 선택이었다.

"딱 10분 드릴게요."

윤기가 타이머를 세팅했다.

주방이 분주해지기 시작했다. 오래지 않아 바로 요리가 나왔다.

"다시마 부각을 가운데에 넣었습니다. 청각의 삼중주로 갔습니다."

첫 접시는 명규 작품이었다.

"나는 슬라이스 햄을 끼웠어. 닭껍질과 소 힘줄의 맛을 이어 주는 가교."

명규의 선택은 햄.

"다들 만만치 않다니까. 나는 보리수 물들인 생강 슬라이스. 닭껍질의 느끼함을 잡고 힘줄의 푸근함에 악센트를 쾅. 황금빛 닭껍질과 투명한 힘줄 사이에 붉은 악센트를 한 번 더."

진규태가 접시를 밀어 놓았다.

"자, 셋을 세면 가장 마음에 드는 걸 지명하는 겁니다. 하나, 둘, 셋."

카운트는 벼락처럼 이루어졌다. 다섯 명의 손은 만장일치로 진규태의 요리를 가리키고 있었다.

"고마워."

모두가 돌아간 밤, 진규태가 와인을 홀짝이며 말했다. 안주는 그가 만든 신작 카나페였다.

"제가 고맙죠."

"아니야. 세브첸코… 검색해 봤더니 어마무시한 사업가더라고? 재력도 그렇지만 러시아에서는 손꼽히는 미식가. 뭔가 당기면 세계 어디든 바로 자가용 비행기를 띄우는 사람?"

"그렇다더군요."

"때로는 백지수표도 내민다던데?"

"우리가 한번 받아 볼까요?"

"송 셰프라면 가능하지."

"부장님이 도와주면 확률이 더 높아지죠."

"다시 생각해도 꿈만 같아."

진규태가 생각에 잠긴다.

"또 뭐가요?"

"우리 리폼 호텔 말이야. 어느새 미식의 제국이 되어 가고 있잖아? 레이철 쇼에 교황에⋯⋯."

"다들 함께 분투해 준 덕분이죠."

"리더가 멋진 덕분이야. 호텔 요리는 혼자 할 수 없지만 셰프 숫자가 많다고 맛이 좋아지는 건 아니니까."

"그렇기도 하죠."

"직원들의 관심이 전부 세브첸코에게 쏠려 있어."

"어떤 측면에서죠?"

"미식가이자 대식가, 동시에 세계적인 부호. 호기심 생길 만하잖아? 이번에 신기록 나올 것 같다고 말이야."

"백지수표를 기대하시면 곤란해요."

"100만 불."

"100만 불요?"

"그거 나올지 모르겠다던데 송 셰프 생각은 어때?"

"그럼 부장님이랑 저랑 그 기록 한번 만들어 볼까요?"

윤기가 와인잔을 내밀었다.

"좋지."

쨍.

진규태의 잔이 윤기의 잔에 부딪쳤다.

100만 불.

세브첸코 형제의 만찬 테이블에 올라간 윤기의 목표였다.

D—day 3일 전.

김풍원 사장이 세 번째 들어왔다. 세브첸코의 만찬 식재료 때

문이었다. 윤기는 파리에서 온 손님을 접대하고 있었다. 다비드
와 가스파르였다. 둘은 교황의 요리를 원했지만 추가 주문이 있
었다.

[오리지날 카포나타]

가지 튀김이다. 그러나 단순히 가지를 튀기는 게 아니었다. 셀
러리와 토마토, 케이퍼로 만든 소스가 필요했다. 여기에 아몬드
가루와 설탕을 넣고 한 번 더 익혀 내니 손길이 많이 갔다.

"기막히군요."

요리를 맛본 가스파르가 엄지를 세워 주었다.

"부드럽고 달콤한 풍미가 그만입니다."

다비드도 만족스러운 표정이었다.

"실은 코리아로 오기 전에 교황을 만났습니다."

와인잔을 비운 가스파르가 윤기를 바라보았다.

"그러셨습니까?"

"송 셰프 칭찬이 자자하더군요. 내가 셰프의 테이블로 간다고
하니 따라오고 싶은 표정이었습니다."

"영광이네요."

"어쩌면 공식 초대장을 보낼지도 모릅니다. 교황청 기념일의
공식 주관 셰프로 말입니다."

"그건 더 영광인데요?"

"곧 세브첸코가 온다죠?"

"예."

"그 친구, 여기서 눌러살려 할지도 모릅니다. 아니, 어쩌면 셰프의 리폼 호텔을 사 버릴지도?"

"프리미엄 붙여서 비싸게 처분하고 지중해의 섬 하나 사서 유유자적할까요?"

"아서요. 이제 송 셰프는 셰프 개인의 몸이 아닙니다. 예전에 안드레아가 죽었을 때 그의 요리를 먹지 못하게 된 실망감에 자살을 기도한 미식가들이 있었는데 그때 일은 깜도 되지 않을 겁니다."

"그러면 곤란하겠군요."

"그러니 마르고 닳도록 요리를 하셔야죠. 그래야 우리도 이따금 이런 행복에 젖을 것 아닙니까?"

"감사합니다."

"감사는 우리가 할 말이에요."

"그보다 오신 김에 시식 한번 해 주시겠습니까?"

"새 메뉴가 나왔습니까?"

"고전적인 메뉴입니다만 흔하지 않은 메뉴입니다."

"궁금한데요?"

"그걸 맛보려면 이걸 쓰고 계셔야 합니다만."

윤기가 흰 보자기를 들어 보였다.

"맙소사, 그렇다면 오르톨랑?"

다비드와 가스파르가 동시에 반응했다. 그들에게는 치명적인 유혹과도 같은 요리이기 때문이었다.

"맛을 보시죠."

윤기가 참새구이 두 마리를 내주었다. 통째로 구워 낸 그것은

영락없는 오르톨랑의 비주얼을 하고 있었다. 심지어는 풍미까지
같았다.

"보자기는 안 쓰셔도 됩니다. 우리나라에서는 이 요리가 불법
이 아니니까요."

"오르톨랑… 거의 비슷하군요?"

"프랑스의 촉새와 한국의 참새가 그렇거든요. 살이 조금만 더
쪘다면 유전자 검사 없이는 알아채기 힘드셨을 겁니다."

"오르톨랑……."

두 미식가는 누가 먼저랄 것도 없이 구이를 집어 들었다. 그대
로 한입 물자 풍후하고 진한 향미가 혀를 장악해 버렸다. 몇 번
씹다 보니 뇌가 띵해졌다. 열기로 숙성된 아르마냐크 브랜디의
향. 내장과 폐에 고인 그 향미가 혀를 적시니 무장해제가 될 지
경이었다.

"맙소사, 내장의 맛까지 똑같지 않습니까?"

둘의 소감이었다.

"얼마나 만족하십니까?"

"보자기를 썼다면 모를 뻔했습니다. 냄새와 맛이 똑같아요. 그
러나 눈으로 봤으니 99점을 드리겠습니다."

"나는 그래도 100점입니다. 코리아에서 오리지널보다 더 오리
지널 같은 오르톨랑을 맛보다니……."

"그러게요. 우리도 오늘 카드 펑크 좀 내야겠습니다."

"암요. 세브첸코의 만찬을 미리 맛보는 영광까지 겹쳤잖습니
까?"

두 미식가는 윤기표 오르톨랑에 만족했다. 윤기는 물론 대만

족이었다. 수고를 기울인 보람이 있었다. 브랜디 안에서 숙성된 참새의 폐와 위장 등에 브랜디를 추가 주입한 것이다. 이것으로 세브첸코의 대식가 패밀리를 맞이할 준비가 끝났다.

좌아아.

새벽부터 빗발이 거세졌다. 가스파르가 다녀간 날부터 내린 비는 그치지도 않았다. 일기예보에 귀를 기울였다. 다른 일이라면 몰라도 천재지변이라면 세브첸코의 예약이 취소될 수도 있었다.

그렇게 되면 차질이 생긴다. 식재료의 신선도 때문이었다.

다닥다다닷.

윤기의 아침은 미식하우스에 있었다. 칼질을 하며 담담하게 준비에 임했다. 새 황제의 만찬으로 불리는 대만찬은 만만한 게 아니기 때문이었다.

세브첸코 쪽의 연락은 따로 없었다. 온다는 말도 오지 않는다는 말도.

긍정적으로 받아들였다. 취소의 경우가 아니라면 따로 연락하지 않는 게 보통이었다.

양고기, 닭고기, 가자미, 메추리, 멧새, 서대, 바닷가재…….

식재료의 줄을 세운다. 윤기의 시선은 바닷가재에 있었다. 살바도르 달리의 책에 홍수를 이루는 이 요리. 예고편을 만들어 볼 생각이었다.

"셰프님."

창혁이 출근을 했다. 이제 겨우 6시 40분. 고단한 기색도 없으니 고마웠다.

"내가 꼴찌네?"

진규태도 들어선다.

"밤새운 거야?"

"아닙니다."

"밥은?"

"같이 먹을까요?"

"좋지, 내가 할게."

"아뇨, 부장님, 제가 해요."

창혁이 앞치마를 묶으며 나섰다.

창혁의 작품은 방풍죽이었다. 넉넉하게 먹었다. 대만찬이 진행되면 점심 먹을 여유도 없다. 셋은 그걸 알고 있었다. 그렇기에 스타 셰프들 중에는 위장병을 앓는 사람들이 흔했다. 메뉴에 대한 스트레스에 불규칙하고 스피드하게 먹는 식사 습관 때문이다. 빛과 그림자의 아이러니가 아닐 수 없었다.

오후 2시 10분.

마침내 공항에 나간 이리나에게 연락이 왔다.

"세브첸코의 전용기가 방금 착륙했답니다."

오케이.

윤기 몸에 가벼운 전의가 흘렀다.

"VVIP가 도착했답니다. 요리 진행합니다."

윤기의 지시가 떨어졌다.

*　　　*　　　*

왕비의 수플레, 황제의 베네치아 스타일 서대 순살구이, 브르타뉴식 퓌레를 곁들인 양고기… 레시피는 이미 숙지하고 있었다. 식재료와 요리법에 따라 분담을 했다. 윤기는 안그라스와 오르톨랑, 그리고 프랑스식 랍스타 요리를 맡았다.

하지만 윤기의 도마 위에는 랍스타만 있지 않았다. 수꽃게와 크레이피시 또한 바구니 가득 꼼지락거린다. 그것들은 모조리 찜기로 들어갔다. 랍스타 역시 마찬가지였다. 그렇다고 같이 찐 것은 아니었다. 최고의 셰프라면 크레이피시 찜기에 랍스타를 찌지 않는다. 꽃게나 새우도 마찬가지다. 식재료는 따로 다루는 것. 그건 채소만의 법칙이 아니었다.

찜기에 불을 당기고 와인을 체크했다. 세브첸코는 샹 베르탱 마니아였다. 이 술은 나폴레옹이 애호하던 것.

나폴레옹은 개척자의 의미를 가진다. 세브첸코가 새 황제의 만찬을 좋아하는 이유도 거기에 있다. 단순히 즐기는 게 아니라 요리에 신념을 투영하는 것이다. 나폴레옹처럼 저돌적인 비즈니스. 세월에 반쯤 꺾인 나이라면 더욱 그럴 일이었다.

"살을 발라 줘."

찜이 끝나자 보조 역할을 맡은 직원에게 넘겼다. 수꽃게〉크레이피시〉랍스타의 분량 순으로 넘겼다. 남은 랍스타는 윤기가 맡았다.

[프랑스식 랍스타요리 데미도르]

레시피는 필요 없었다. 이 요리는 눈을 감아도 할 수 있었다. 바다 냄새가 싱그러운 랍스타가 필요하다.

여기서 잠깐, 랍스타는 다 바다 냄새가 날까?

그렇지 않다. 바다 냄새는 가장 싱싱한 해산물에서만 맡을 수 있다. 그 신선도가 내려가면 랍스타 냄새가 난다. 한 번 더 무너지면 소위 말하는 비린내로 변한다.

비린내 잡는 법은 많다. 하지만 최상은, 비린내 자체가 없는 재료를 다루는 것이었다.

정확하게 절반의 대칭으로 가른 랍스타. 해초를 끓인 물에 풍당 입수를 시켰다. 살짝 데치는 것으로 끝낸다. 살을 발라내 식힌다. 그냥 식히지 않았다. 유자 물에 적신 키친타올을 감았다. 유자 향을 입히는 과정이었다.

이 과정이 끝나면 살을 자른다. 먹을 사람의 한 입 크기가 좋았다.

치이잇.

버터에 양송이를 넣고 볶았다. 이때 랍스타 살이 들어간다. 김이 제대로 오를 때 화이트와인을 넣어 순식간에 휘발시켰다.

이제 마무리를 향해 달린다.

유자즙에 겨자가루를 넣고 베샤멜라와 파슬리도 투하. 간 맞추기는 쳐빌과 후추, 소금으로 마무리했다.

도마 위에는 다시 랍스타가 올라왔다. 살이 없는 껍질이다. 따로 삶아 내 잡티 하나 없이 깨끗한 포스였다. 그 안에 다시 랍스타 소를 채우고 감자 크림을 더한다. 이제 마무리에 가까워진다. 노른자 물을 발라 색감을 살리고 모짜렐라 치즈를 솔솔 뿌리면 끝. 오븐에 넣어 그라탕으로 마감을 했다. 가니쉬는 아스파라거스를 많이 쓰지만 윤기의 선택은 처빌이었다. 처빌은 미식가의 파슬리였다. 무도회의 주인공으로도 불린다. 무엇보다 세브첸코의 취향에 맞으니 여러 생각 할 것 없었다.

"셰프님."

보조가 윤기를 바라보았다. 찜 재료의 살 바르기가 끝나 있었다. 수꽃게와 랍스타의 살을 다지기 시작했다. 다진 살에 트랜스글루타미나아제를 고이 뿌리고 얇게 펼쳤다.

크레이피시 살만은 자연스럽게 그냥 두었다. 옆에는 야자분말과 올리브기름이 놓였다. 어떤 요리를 하려는 걸까? 보조는 궁금할 뿐이었다.

"입국 수속 끝나고 오시는 중이랍니다. 톨게이트를 지났답니다."

주희가 상황을 알려 왔다.

윤기의 콧노래가 높아 간다.

"송 셰프 말이야……."

진규태가 중얼거렸다.

"네?"

창혁이 시선을 돌린다.

"괴물이지?"

"아, 네……."

더 이상의 말이 필요 없다. 창혁은 그 말의 의미를 알고 있었다.

"여의도랍니다."

주회의 상황 보고가 이어진다.

'세브첸코……'

윤기의 후각에는 그가 느껴지고 있었다.

끼익.

의전용 차량 세 대가 미식하우스 앞에 멈췄다. 최고급 차량으로 VIP들을 모시는 서비스였다. 세 대가 동시에 출격하기는 오늘이 처음이었다.

선두 차의 이리나가 내려 문을 열었다. 세브첸코의 육중하고 중후한 모습이 나왔다.

"송 셰프십니다."

이리나가 윤기를 소개했다.

"모시게 되어 영광입니다."

윤기가 세브첸코를 맞았다. 안드레아의 요리에 열광하던 그 사람이었다.

"흠흠……"

세브첸코는 눈부터 감았다. 안에서 나오는 냄새를 음미하는 것이다.

"과연."

흐뭇한 표정으로 고개를 끄덕인다. 그가 안드레아의 레시피를 잊을 리 없다. 그 열광의 향미를 맡은 것이다.

"불어, 중국어, 영어가 다 가능하다고요?"

윤기 앞에 우뚝 선 세브첸코, 언어는 불어였다.

"예."

"그렇다면 불어로 계속 갈까요?"

"예."

"여기는 내 패밀리들. 먹성으로 치면 지구도 먹어 치울 인간들이죠."

그가 형제들을 소개했다. 다섯 명의 형제들. 체구부터 압도적이었다. 체취도 액티브하다. 담백하고 기름지고 감칠맛이 넘친다. 매콤새콤한 체취도 또렷하니 한마디로 왕성한 식욕의 소유자들이었다.

그러나 옥에도 티가 있다. 세브첸코까지 합쳐 여섯 명. 그중 넷은 단맛이 시들었다. 좋아하지만 몸과 맞지 않으니 당뇨의 흔적이었다.

세브첸코……

안드레아의 요리를 탐닉하던 때는 이렇지 않았다. 그런 그도 세월의 파편이 던진 내상이 쌓였다. 큰 문제는 아니었다. 윤기의 대비는 완벽했다.

오케이.

VVIP의 데이터 탐지를 마쳤다.

"들어가시죠."

윤기가 메인 홀을 가리켰다.

"셰프."

자리 잡기 무섭게 세브첸코가 입을 열었다.

"예."

"안드레아 스타일로 요리한다고요?"

"예."

"몇 군데 크로스체크를 했더니 거의 완벽하다고 하더군요."

"열심히 공부했습니다."

"미리 전달이 되었겠지만 안드레아 스타일, 저놈들이 뭐라고 하든 그걸 지켜 주시오."

"알겠습니다."

"또 미리 말하지만 계산은 염두에 두지 마시오. 당신이 진짜 안드레아의 요리를 재현해 준다면 내가 비행기에 싣고 온 달러를 다 내려 주고 갈 용의도 있으니."

"돈보다 회장님과 안드레아의 추억을 위해 요리하겠습니다."

"고맙소."

"그럼 안드레아 셰프 스타일의 세 황제의 만찬, 시작하겠습니다."

예의를 갖춘 윤기가 메인 홀을 나왔다.

"단맛 컨트롤은 두 가지로 가세요. 하나는 식재료 자체의 단맛, 그리고 또 하나는 특제 알룰로스입니다. 일반 알룰로스는 쓰면 안 됩니다."

윤기가 가이드를 주었다. 알룰로스는 천연당이다. 무화과 추출물로 당뇨에 영향을 끼치지 않는 재료였다. 그러나 모두가 천연당인 것은 아니었다. 건포도와 무화과에 존재하는 이 물질은 극소량이 분포한다. 그걸 추출해 대량 상품화하는 건 불가능했다. 결국 상품으로 나오는 것들은 대다수 효소를 이용한 인공 합성물이 많았다.

[윤기표 음료]

[들기름에 구운 꼬마 두부 햄버거]
[화이트 트러플을 뿌린 안그라스]
[결정화 제비꽃, 결정화 유자 슬라이스]
[보리수 물을 들이고 생강 슬라이스를 끼운 닭껍질 카나페]

"주희 씨."

선발대를 올린 카트 앞에서 윤기가 주희를 불렀다.

"네, 셰프님."

"아, 해 봐요."

"아?"

주희가 입을 벌리자 새콤달콤한 결정화 유자 슬라이스가 입으로 들어갔다.

"어머?"

"정신 번쩍 들죠?"

"네……."

주희가 웃었다.

"시작하세요."

윤기의 지시와 함께 주희가 카트를 밀었다. 순지가 그 뒤를 따른다. 세브첸코의 만찬을 알리는 예고편의 시작이었다.

"오오, 이것은?"

세브첸코는 시작부터 말을 잃었다. 안그라스 때문이었다. 고작 한 젓가락에 불과한 양이지만 양으로 평가할 요리가 아니었다. 그 위에 뿌려진 트러플과 그걸 장식한 어린 바늘나무 한 잎. 두어 방울 떨어지다 만 석류즙의 조화까지.

"……?"

세브첸코가 핸드폰을 꺼냈다. 사진을 찍는 게 아니었다. 그 안의 사진을 불러 눈 앞의 안그라스와 비교를 했다.

"아아……."

신음이 나왔다. 접시는 조금 다르지만 다른 것은 거의 같았다.

그렇다면 맞은?

"……?"

실장어를 밀어 넣은 세브첸코의 오감이 멈춰 버렸다. 추억이 아련했다. 너무 아련해 닿을 듯 생생하게 다가왔다.

─회장님.

─이 안그라스는 아주 특별합니다.

─왜냐고요?

─한 175번 먹으면 평생 잊지 못할 테니까요.

안드레아의 말이 실장어와 함께 씹혔다.

"셰프님."

주희가 주방 앞에서 상황 보고를 했다.

"세브첸코 회장님, 안그라스를 먹더니 그냥 얼어붙어 버렸어요. 눈을 감고 어찌나 오래 음미하는지 불안할 정도였어요."

"구운 두부는요?"

진규태가 물었다.

"대박이죠. 우유를 구운 것 같다며 칭찬을 아끼지 않으세요.

녹차를 곁들인 패티에도 높은 점수를 주셨어요."

"바닐라도 먹던가요?"

"그럼요. 데코가 신선하다며 사진까지 찍었는 걸요."

"중요한 건 닭껍질 카나페지."

윤기가 추임새를 넣었다. 진규태가 궁금해할 사안이었다.

"통역자로 나오신 분에게 물었더니 컬러에 식감까지 만족한다는 말을 전하셨어요."

주희 말에 진규태 표정이 밝아졌다.

꼬마 두부 햄버거는 진규태에게 맡겼다. 바닐라 장식 역시 진규태의 발상이었다. 나선형으로 길게 튀겨 낸 바닐라 위에 한 입 크기의 두부 햄버거를 올렸다. 기하에 동화적인 느낌까지 주는 장식이었다.

"시작이 좋은데요?"

윤기가 진규태의 사기를 높여 주었다.

"창혁아."

윤기가 진행 상황 체크에 들어갔다.

"필레 드 솔 알라 베니시엔 완성, 에스칼로프 드튀르보 오 그라탱 플레이팅 중입니다."

"부장님."

"수플레 알라 렌 완성, 셸 드 무통 퓌레 브르톤 플레이팅 진행 중."

"좋아요. 여기도 풀레 알라 포르튀게즈, 파테 쇼드 카유, 오르톨랑 완성입니다. 마무리로 오마르 알라 파리지엔이 진행 중이고요."

오마르 알라 파리지엔, 이게 바로 랍스타 요리였다. 플레이팅의 규모가 작은 성처럼 방대했다.

바닥에 깔린 건 솔잎을 닮은 바늘나무잎이었다. 그 위로 풍후한 야자롤 구이가 장식되었다. 김밥 사이즈의 절반 크기로 구워 낸 야자롤은 무려 100개. 돌려 쌓은 높이만 80㎝에 달했다. 그 지지대 위에 여섯 마리의 랍스타 데미도르가 세팅되었다. 사이즈만 보면 오늘 요리의 메인이었다.

"주희 씨, 와인?"

윤기가 주방 입구를 향해 소리쳤다.

"준비 끝났습니다."

"카트 준비하세요."

고공의 랍스타 위에 처빌을 올림으로써 1차 요리가 마감되었다.

"오."

"오오."

세브첸코와 형제들의 시야가 거칠게 열렸다. 다섯 카트에 실린 요리의 위엄 때문이었다. 세브첸코의 시선은 두 군데로 쏠렸다. 초대형의 랍스타 탑과 초소형의 접시였다. 그 접시에 담긴 건 달랑 멧새(?)구이 한 마리. 그러나 그 비주얼은 랍스타 탑을 압도할 정도로 매력적이었다.

"오르톨랑."

형제 중의 막내가 소리쳤다. 막내라고 해도 40을 넘겼다. 우크라니아 국영 가스 기업의 대표이기도 했다.

"우리 막내도 오르톨랑을 아는구나?"

세브첸코가 웃었다.

"그럼요. 형님이 신앙처럼 여기니 전들 모르겠습니까? 우크라이나의 셰프들을 끌어다 많이 만들어 먹었죠."

"어땠냐?"

"솔직히 맛은 잘… 형님은 물론이고 프랑스 것들이 하도 칭송을 하니 대화에 끼기 위해 먹어 보고 있습니다."

"오늘 알게 될 거다. 왜 오르톨랑이 진미인지."

"네?"

"지금까지 네가 먹은 건 다 가짜야. 장담컨대 안드레아의 오르톨랑만이 진품이다. 그러니 여기 송 셰프가 그걸 재현만 해 준다면……."

꼴깍.

세브첸코의 목젖이 먼저 반응을 했다. 그의 뇌와 미뢰는 기억하고 있었다. 안드레아의 오르톨랑…….

"1867년 뒤글레레 셰프 스타일의 여섯 황제를 위한 만찬입니다."

세팅이 끝나자 윤기가 설명을 했다.

"잠깐, 뒤글레레 셰프의 만찬은 세 황제의 만찬으로 아는데?"

둘째가 말했다.

"맞습니다. 러시아의 황제 알렉산드르 2세와 황태자 전하, 그리고 프로이센의 왕 빌헬름 1세의 만찬이었죠. 그때의 황태자가 알렉산드르 3세로 등극하고 빌헬름 1세도 독일의 황제가 되면서 세 황제의 만찬으로 명명되었습니다. 하지만 오늘 이 자리에는 여섯 분이 앉아 계시지 않습니까? 그래서 여섯 황제의 만찬이라

부른 것입니다."

"오."

둘째의 공감이 나왔다. 분위기를 맞추는 것도 셰프의 실력이었다.

"미리 말씀드리는데 여기 들어간 당분은 특별한 천연당으로 당뇨에 영향을 미치지 않습니다. 그러니 당이나 칼로리에 대한 부담 없이 편안히 즐기셔도 됩니다."

"그것 듣던 중 반가운 소리."

세브첸코의 형제들이 팔을 걷어붙였다.

식사가 시작되었다.

대식가들.

왜 그런 닉네임이 붙었는지 알 것 같았다. 포르투갈식 닭고기 요리인 풀레 알라 포르튀게즈 같은 건 순삭되었다. 가자미 그라탱도 접시가 휑해지기 시작했다. 그들의 한 입은 일반인의 세 배 이상이었다. 속도는 2배 내지는 3배에 달한다. 기본으로 들여온 게 3×6의 18인분이었지만 오래 버티지 못했다.

"이게 안드레아 셰프식의 요리입니까?"

둘째가 세브첸코에게 물었다.

"그래, 어떠냐?"

"형님이 왜 여자보다 안드레아 요리를 높게 쳐 주는지 알 것 같습니다. 이건 그냥 악마의 요리 아닙니까? 한 입만 먹으면 바로 중독이에요."

"쉬잇."

세브첸코의 시선은 오르톨랑에 있었다. 너무나 큰 기대감 때문에 함부로 먹지 못한 오르톨랑. 마침내 그 차례가 된 것이다.

"끝내주네요."

"씹을수록 매력적입니다."

동생들이 소감이 먼저 나왔다.

세브첸코의 시식은 숭고해 보였다. 먼저 입안을 씻어 냈다. 그런 다음 포크 끝으로 촉새를 찍었다. 실제로는 살찐 참새. 그러나 큰 차이가 없었다.

바삭.

껍질이 가볍게 부서진다. 코끝에 대고 음미한 후에 한 입을 물었다. 안에서 풍미가 밀려 나왔다. 은은하게 익은 내장과 어우러지는 아르마냐크 브랜디의 달콤함… 흉내나 내는 맛이 아니라 깊고 깊은 이 맛. 뇌리에서 아련하던 그 맛이 미각세포를 지나 연구개를 후려치는 것 같았다.

오독오도독.

참새 뼈가 상쾌하게 씹힌다. 침은 이미 홍수를 이루었다. 위장이 목을 향해 손을 뻗는다. 빨리 삼켜 줘, 빨리. 애원이 들리지만 세브첸코는 넘기지 않았다. 살과 내장에 맺힌 맛즙을 한 방울까지 맛볼 생각이었다. 오르톨랑의 백미는 내장에 고인 브랜디가 느껴질 때다. 그 차이를 모르는 사람은 오르톨랑에 대해 말할 자격이 없었다. 윤기의 요리. 살과 뼈, 브랜디의 숙성이 최고의 조화를 이루고 있었으니 천국의 맛이자 악마의 유혹. 안드레아의 맛이 거기 살아 있었다.

'안드레아……'

감회가 새롭다.

"형님."

막내 목소리가 낮아졌다. 세브첸코 때문이었다. 감격에 젖은 모습은 마치 돌부처럼 보였다.

"너희도 요리를 즐기는 법을 배워라. 지금처럼 미식가인 척하지 말고 진짜 미식 말이야."

"……"

"미래는 요리가 지배하게 될 거다. 비즈니스 아이템으로도 필수적이야."

"오늘의 명언입니까?"

막내가 물었다.

"안드레아, 그의 명언이었다. 내게는 혈액보다도 더 간절한 에너지이자 영혼의 구원자였던 셰프……."

"……"

"그 맛을 여기서 다시 만나게 되다니……."

"굉장하기는 합니다. 요리의 맛에 리듬감이 있어요. 감칠맛에 담백하지만 구분이 있습니다. 먹어도 먹어도 질리지 않도록 계산이 된 것 같습니다."

셋째의 평가였다. 그의 미각도 보통은 아니었다. 윤기는 감칠맛을 올리는 데 치중하지 않았다. 감칠맛의 갈래를 나누었다. 표고와 다시마, 가다랑어 등에서 오는 차별이 그것이었다. 거기에 말린 가리비와 말려서 구운 오징어, 채소 육수와 닭뼈, 돼지뼈 등의 육수로 감칠맛의 음계를 완성시켰다.

도레미파솔라시도.

음악에만 강약이 있는 게 아니었다. 미식가는 그걸 알아차린다. 강약은 재료에 따라 가감을 했다. 부드러운 맛은 살려 주고 강한 맛은 어루만져 주는 식이었다.

그 변화가 미각에 가속페달이 되었다. 미묘하지만 다른 맛. 질리지 않고 먹을 수 있는 비법이었다.

"맞아… 이 감칠맛… 계열이 다르다. 안드레아가 그랬지. 그는 요리의 시너지를 알고 있었어. 이 어린 셰프… 진짜로군. 그것까지 구현해 내다니……."

"이제 랍스타로 가지요. 이 셰프라면 다른 셰프들처럼 양으로 승부하지 않았을 것 같습니다."

셋째가 랍스타 탑을 가리켰다.

최고의 요리.

이래서 달랐다. 요리는 보는 순간 기대감에 젖는 것이다. 이건 무슨 맛일까? 빨리 먹고 싶어. 이런 설렘이야말로 미식가의 즐거움이 아닐 수 없었다.

"……?"

"……!"

랍스타 데미도르에 앞서 맛본 야자롤. 세브첸코의 형제들이 단체로 무너졌다. 단순히 야자가루를 펼쳐 구워 낸 게 아니었다. 겉바속촉도 문제가 되지 않았다.

"삼단 폭격이네요. 부드럽게 진하게, 그러다 강하게."

막내가 말했다. 식감도 차이가 있었다. 밖은 바삭하지만 안으로 갈수록 부드럽게 변했다. 청각이 즐거워지니 미식의 공감각이었다. 그게 또 하나의 즐거움을 선사했다.

"달콤하면서도 부드러운 야자수 분말구이… 그다음 롤은 게,

또 다음 롤은 랍스터… 가장 안쪽에 있는 건 자연스럽게 분리해
낸 크레이피시 살의 질감. 완벽한 시간 차 공격이야."

세브첸코는 그 내력을 알았다.

"이 안에 세 가지 갑각류가 들었단 말입니까?"

"그래. 세 가지 갑각류의 살……."

세브첸코가 김이 모락거리는 야자롤을 바라보았다. 이 또한
안드레아의 맛이었다. 크레이피시는 게와 랍스터를 합친 맛이 난
다. 어떻게 다르냐고? 고민할 것 없다. 먹어 보면 그냥 안다.

[먹어 보는 게 가장 빠른 공부이자 최고의 공부죠.]

안드레아의 명언이었다.

테이블은 다시 세팅되었다. 이번에도 18인분이었지만 오래 버
티지 못했다. 막간 요리와 함께 12인분을 추가했다. 그제야 줄어
드는 속도가 느려졌다.

막간 요리의 시작은 오베르진 알레스파뇰이 맡았다. 스페인식
가지요리다. 아스파라거스의 어린 줄기 요리가 이어지고 황실의
향로 요리도 빠지지 않았다.

와인은 샹 베르탱, 그러나 막내가 샤토 마르고를 원하니 그것
도 추가되었다.

식사 개시 3시간 20분.

그제야 테이블이 훤해지기 시작했다. 공식적으로 해치운 분량
만 52인분이었다.

"셰프."

냅킨을 만지던 세브첸코가 윤기를 불렀다.

"최고였어요."

그가 엄지척을 쾌척했다. 형제들도 공감을 표했다.

"더 필요한 게 있으실까요?"

"있기는 하오만."

"그럼 말씀하시지요."

"오르톨랑… 되겠소?"

"두 마리가 남았으니 가능합니다."

"그 두 마리를 다 주시오."

"알겠습니다."

윤기가 오더를 받았다.

오독오독.

뽀독뽀독.

세브첸코는 참새 오르톨랑의 뼛조각 하나 남기지 않았다. 두 마리를 다 해치우고 나서야 포만의 숨을 내쉬었다. 러시아의 미식가 세브첸코. 그의 테이블이 마감되는 순간이었다.

"후아."

주방의 창혁이 조바심을 냈다.

"어때?"

진규태가 순지를 바라보았다. 식사 분위기를 묻는 것이다.

"좋았어요."

"100만 불 낼까?"

"아무리 그래도 100만 불은… 10만 불이라면 가능할 것도 같은데……."

창혁이 숨을 고른다. 100만 불이면 10억이 넘는 거액이다. 아무리 고급지고 희귀한 요리를 먹는다고 해도 10억은 무리였다. 사실, 냉정하게 보면 10만 불도 희망 사항에 불과했다.

"계산서입니다."

마침내 계산서가 주희 손을 떠났다.

"됐소."

세브첸코가 주희 손을 밀었다. 쳐다보지도 않았다.

"셰프."

"예?"

"여기 계산이 기준 가격으로 시작한다고 들었습니다."

"그렇습니다."

"그걸 보고 계산을 정하는 건 귀찮은 일이지. 그냥 내가 내고 싶은 가격으로 내겠습니다."

"그러셔도 됩니다."

[100,000,000]

세브첸코가 금액을 기입했다. 1억이었다.

"고맙습니다."

윤기가 예의로 카드를 받아 들었다. 그 카드는 주희에게 넘겨졌다.

"얼마 나왔어?"

카운터 앞에 나와 있던 진규태가 주희에게 물었다.

"1억요."

"1억······."

진규태 눈가에 아쉬움이 스쳐 간다.

"하긴 1억이 어디야."

아쉬움은 오래가지 않았다. 1억만 해도 엄청난 매상이기 때문이었다.

주희가 막 카드를 꽂으려 할 때였다. 세브첸코의 막내가 카운터 쪽으로 나왔다.

"잠깐만요."

그의 언어는 영어였다.

"뭘 도와 드려요?"

주희가 물었다.

"계산 말입니다. 형님께서 단위를 빼먹었다고 하네요. 루블로 환산해서 결재하라고 하십니다."

"루블요?"

"예, 1억 루블이랍니다."

1억 루블.

"그리죠."

바르게 답한 주희가 환율표를 바라보았다. 루블은 낯설기 때문이었다. 그걸 달러로 환산하던 주희 안색이 창백하게 변했다.

"왜?"

진규태가 물었다.

"1억 루블요······."

"그러니까 왜? 환산하면 얼마 안 되는 거야?"

"그 반대예요. 달러로 환산하니까 100만 불이 넘어요."

"뭐야?"

"잠깐만요."

주희가 메일 테이블로 달려갔다.

"1억 루블 맞습니다."

세브첸코의 답은 또렷했다. 잘못 전달된 게 아니었다.

"으아악."

주방으로 달려간 진규태가 창혁을 얼싸안고 몸부림을 쳤다. 그 사실을 안 창혁도 진규태에게 붙어 떨어지지 않았다.

"부장님."

"그래, 우리 송 셰프가 100만 불을 찍었어, 100만 불을 찍은 거라고."

"100만 불도 넘어요."

"그러니까."

감격은 이것으로 끝나지 않았다. 세브첸코가 셰프와 서빙 직원들에게 통 큰 팁을 날린 것이다. 모두에게 100,000루블씩이었다.

"송 셰프."

만찬이 끝나고 세브첸코와 잠시 대화를 가졌다.

"요리가 마음에 드셔서 다행입니다."

"나도 그렇습니다."

"가장 만족스러운 게 무엇이었습니까?"

"오르톨랑이죠."

"다른 것은요? 괜찮으시면 회장님이 맛나게 먹은 메뉴로 고객들에게 소개할까 합니다."

"세 가지 갑각류의 야자수 롤? 게 롤 층과 랍스터 롤 층, 그다음에 이어지는 크레이피시 살덩어리의 조화가 매력적이었습니다."

"그걸 저희 고객들에게 전해도 될까요?"

"영광이죠."

"보답으로 다음에 오시면 바다거북 수프를 준비해 드리죠."

"바다거북이라고요?"

세브첸코의 시선이 톡 튀었다.

안그라스와 오르톨랑에 더불어 세브첸코가 좋아하는 메뉴였다. 그럼에도 빼놓은 건 다음을 위한 포석이었다.

"그렇군요. 오늘 딱 아쉬운 것 하나가 그 수프였는데……."

"준비를 할까 하다가 계열이 달라서요. 회장님을 또 모시고 싶은 마음도 있고요. 물론 다음에는 거액을 지불하지 않으셔도 괜찮습니다."

"돈은 문제가 아니죠. 배가 문제입니다. 전과 달리 어느 정도 먹으면 도무지 꺼지지를 않으니……."

"거북의 간에 있는 액체를 쓰는 것 맞죠? 살코기는 자두알 크기로 썰고 백리향과 월계수, 청향과 후추로 맛을 냅니다. 아, 수프에 들어가는 와인은 단맛이 강한 모스카토 품종이고요."

"허엇."

"파슬리와 안초비는 안드레아 셰프의 비밀 병기. 다음번에 회장님의 입맛을 매료시킬 재료들입니다."

"허어."

세브첸코의 한숨이 커졌다.

"배가 원수로군요. 병원에 가서 위세척이라도 하고 와서 다시 먹고 싶은 심정입니다."

"스케줄이 되시면 일본 다녀오시는 길에 경유하셔도 됩니다."

"그다음 목적지가 홍콩이니 하는 말 아닙니까?"

"그건 그렇고… 회장님을 인터뷰하고 싶어하는 기자가 있는데 어떠실까요?"

윤기가 화제를 돌렸다.

"기자?"

"안드레아의 요리를 잘 아는 사람입니다. 회장님과의 에피소드를 듣고 싶다고 하더군요."

"하지만 내가 곧 공항으로 가야 해서……."

"공항으로 나오라고 할까요?"

"셰프의 추천이라면 만나 보죠. 하지만 10분 정도밖에 시간 내지 못합니다."

"그게 어딥니까?"

윤기가 예의를 갖췄다. 그런 다음 세브첸코의 패밀리들과 기념 촬영을 했다. 다들 덩치들이니 화면이 꽉 차는 그림이 되었다.

"이 기자님, 허락 떨어졌습니다. 공항으로 가세요."

세브첸코가 떠나기 무섭게 이상백에게 연락을 했다. 본관에도 연락이 갔다.

[100만 불짜리 테이블 기록]

장태산이 듣고 구 총주방장과 간부들에게 알려 주었다.

"와아아."

리폼 호텔이 후끈 달아올랐다. 그 소리가 미식하우스까지 들릴 지경이었다.

"송 셰프."

주방의 진규태가 손바닥을 내밀었다.

쫙.

창혁이도 내민다.

쫙.

주희 것까지도 마다하지 않았다.

"그런데 변 팀장."

진규태가 주희에게 다가섰다.

"네?"

"10만 루블 말이야, 그거 우리 돈으로 얼마야?"

"대략 120만 원요?"

"대박, 그럼 우리 조리 팀원들에게 한턱 쏠 수 있겠는데?"

진규태가 또 한 번 환호했다.

제6장
—
뉴비들의 경연

[세브첸코 만찬 세트]

리폼 호텔의 메뉴로 등극했다.

세브첸코가 남긴 유산이었다. 그의 만찬 기사가 실렸으니 피할 수 없었다. 국내외 단체와 개인들의 빗발치는 요청 때문이었다. 이 세트는 소모임과 가족 파티에서 맹위를 떨쳤다. 특히 30㎝ 높이로 조절한 야자롤 탑이 인기 만점이었다.

그날 이상백에게 주어진 공항 인터뷰는 고작 3분이었다. 세브첸코의 방한을 알게 된 경제계와 그쪽 기자들이 몰려든 덕분이었다.

"송 셰프 덕분에 폼 좀 잡았지."

그래도 이상백은 자부심에 불탔다. 난다 긴다 하는 재벌의 이

사급들에게도 시간 할애를 해 주지 않은 세브첸코. 이상백의 인터뷰에 응한 것이다.

물론 윤기는 이상백 기사의 덕을 보았다.

이슈가 된 건 1억 루블이었다. 자칫 루머가 될 수도 있었지만 세브첸코가 직접 인증을 해 주었으니 논란이 될 수 없었다.

"최고의 맛은 돈으로 평가할 수 없는 것입니다."

세브첸코의 설명이었다.

대중에게는 그 액수가 이슈가 되었다.

─도대체 어떤 요리를 먹었길래?

세브첸코 세트가 매출 상위를 차지할 수 있었던 이유였다.

"셰프님."

런치 타임이 끝나고 잠시 쉬는 시간, 장태산이 미식하우스로 쳐들어왔다.

"오셨습니까?"

"쉬는 거 방해하는 거 아니죠?"

"방해 맞는데요?"

"……?"

"조크입니다."

"어휴, 전 또 진담인 줄 알았습니다."

"어떤 일로요?"

"이것 좀 보시죠."

장태산이 영어 서류 한 장을 꺼내 놓았다.

"달리 전시회가 결정되었군요?"

"왜 아니겠습니까? 조금 전에 결정이 났답니다."

"수고 많으셨습니다."

"제가요? 저는 전화 몇 통, 서류 몇 장 보냈을 뿐입니다. 주변 정리 작업은 다 셰프님이 한 걸요."

"일이라는 게 마무리가 힘든 거죠. 아무튼 잘되었네요."

"살바도르 달리의 요리가 결정되면 알려 달랍니다. 그쪽 관리 측과 연관 단체, 달리의 애호가와 작품 소장자 몫의 예약도 부탁해 왔고요."

"희소식이군요?"

"하지만 홍보는 제대로 해야 할 것 같습니다."

"그건 당연한 거 아닌가요?"

"그게 아니라… 이 일이 미술 업계에 알려진 모양입니다. 자칫 유사 이벤트가 성행할 것 같은데 그렇게 되면 원조가 중요해지죠. 이건 송 셰프님과 우리 리폼 호텔이 원조다, 못을 박아 놔야 합니다."

"플랜도 나왔겠죠?"

"국내보다는 유럽과 미국, 중국, 일본 쪽 미식가 유치가 중요합니다. 이참에 이 분야는 우리가 독보적으로 전문화시켜 보는 게 어떨까요?"

"나쁘지 않죠."

"달리 전시회의 요리 이벤트는 VIP 회원을 중심으로 하겠습니다. 그분들에게 보답의 의미도 되고요."

"그러세요."

"전 화백님께 달리 전시회가 계약되었다고 말씀드렸더니 굉장히 고무되시더군요. 어쩌면 신작을 두 점 정도 낼지도 모르겠습니다."

"그래요?"

"화백님 말씀이 달리 그림이 걸린 곳이니 그 위명에 걸맞아야 하지 않겠냐고……."

"전 화백님을 너무 바쁘게 만드는 거 아닌가요?"

"바쁜 분은 우리 셰프님이죠."

장태산이 또 다른 서류를 꺼냈다.

"아이코, 신입 조리 직원."

윤기가 무릎을 쳤다. 어느새 코앞으로 다가온 시험일이었다.

"몇 명이나 지원했나요?"

"몇 명 왔을 것 같습니까?"

"한 열 명?"

열 명.

호텔의 조리 직원 모집이라면 그 정도 수준이다. 인기가 없는 호텔이라면 2—3명, 그 반대라면 5명 안팎으로 지원하는 게 보통이었다.

"놀라지 마세요. 무려 124명이 지원했습니다."

"……?"

"그중에 해외파만 39명입니다. 해외 5성급에서 일하던 경력자만 해도 7명이나 되고요."

"중간 보고 때보다 확 늘었네요?"

"그 후로 큰 사건이 많았잖습니까? 아마 세브첸코의 기사가 나간 후까지 접수했다면 200명을 넘었을지도 모릅니다."

"진행 상황은요?"

"구 총주방장님과 제가 일부 걸렀습니다. 열정에 인성도 괜찮은 인재로 10명을 추렸으니 실기 테스트만 하시면 됩니다."

"저하고 또 누가 심사를 하나요?"

"구 총주방장님입니다. 저는 참관만 하겠습니다."

"다섯 명을 더 추가해 주세요."

"말씀만 하십시오."

"진규태 부장님, 경모 팀장님, 명규 팀장, 그리고 변 팀장에다 이달의 미식 손님."

"이달의 미식 손님까지요?"

"요리는 결국 손님들이 먹지 않습니까? 손님 대표가 참가하는 거, 좋을 거 같은데요?"

"······!"

윤기 말에 장태산이 압도되었다.

이달의 미식 손님은 자체 기준으로 뽑는다. 같은 달에 두 번 이상 왔어야 하고, SNS에 관련 게시물을 올려야 한다. 게시물의 좋아요는 고려하지 않지만 내용의 객관성을 참조한다. 그 기준으로 리폼의 관계자들이 월 1회 선정을 한다. 이달의 미식 손님으로 뽑히면 2개 메뉴 범위에서 무료 식사권을 주고 월 1회 예약 우선권을 주고 있었다.

"알겠습니다."

윤기 말이 옳았으니 장태산은 두말이 없었다.

월요일 아침, 윤기는 미식하우스에서 일어났다. 새벽까지 진행한 새 메뉴 때문이었다. 조리대에는 그 흔적이 고스란히 남았다. 물론 풍미도 그랬다. 거기 흩어진 건 송이버섯과 미나리, 그리고 미역이었다. 셋 다 소고기와 찰떡궁합으로 불린다.

LGY 스테이크.

리폼 호텔의 간판 메뉴였다. 매출 또한 만족스러워 국내 최고의 스테이크로 자리를 잡았다. 그러나 만족할 수 없었다. 그 간판의 짝이 되는 스테이크를 개발하고 싶었다. 그래서 동원한 게 송이버섯과 미나리, 미역이었다.

송이버섯과 소고기 조합은 이론의 여지가 없다. 미나리 역시 미식가들을 중심으로 환상적인 평가를 받았다. 미역은 다들 의외라고 했다.

소고기 미역국? 그걸 모를 사람은 없었다. 윤기는 그 공식을 뒤집었다. 미역 소스를 만들어 스테이크를 빠뜨려 버렸다.

지난밤에 초대된 미식가들 역시 반전의 인물들이었다. 윤기에게 호의적이지 않은 사람들, 황교일과 그 지인들, 백기원과 그의 멤버들이었다.

백기원은 요리 전문 피디였다. 이상백을 통해 소개받았다.

"백기원?"

윤기의 제의를 받은 이상백이 눈을 뒤집었다. 백기원은 일본 요리와 료칸 요리 예찬자였다. 모든 요리가 더하기로 나가지만 일본의 요리만은 빼기로 나간다는 게 그가 매료된 이유였다.

많은 요리 피디들이 윤기의 픽업을 꿈꾸지만 그만은 그렇지 않았다. 한국에서는 흥미를 끌지만 파리에 가면 흔한 요리의 하나라는 게 윤기에 대한 그의 평가였다.

그래서 모셨다. 자신에게 호감을 갖지 않는 사람들. 그 사람들의 독설을 듣고 싶었다. 그 또한 윤기가 극복해야 할 일이라는 걸 알기 때문이었다.

송이버섯과 소고기 조합은 좋은 평가를 받지 못했다. 맛은 좋지만 너무 익숙한 조합이라는 게 중론이었다. 미나리와의 조합은 신선하다는 평이 나왔다. 내내 야박했던 별표는 미역소스에서 만점을 찍었다. 푸근하게 끓여 낸 미역국은 술술 넘어간다. 그중에서도 소고기 미역국이다. 스테이크 고기와 뼈를 함께 끓여 낸 후에 갈아서 만든 미역소스는 색감도 발군이었다. 그 초록의 바다에 스테이크가 올라앉았다. 스테이크를 자르면 초록 소스 위에 장미꽃이 피었다. 핑크센터와의 기묘한 조화였다.

"이건 정말 흠을 잡을 수가 없군요."

백기원 피디가 손을 들었다.

"이 메뉴의 프랜차이즈는 저한테 맡길 수 없습니까?"

황교일의 미각도 취해 버렸다.

거기 함께 낸 술이 또 환상이었다. 와인이 아니고 샴페인이었다. 샴페인은 보통 축하의 의미를 가지고 있다. 미역도 대개 생일이나 출산에 먹는다. 인생의 경사일이다. 그 의미를 이어 본 샴페인은 처칠이 애정하던 폴 로저였다.

처칠은 샴페인의 마니아였다. 물처럼 마셨다. 오죽하면 세계대전에 참전할 때 프랑스를 위해서가 아니라 프랑스에서 나는 폴 로저 샴페인을 수호하기 위해서였다는 말이 나올 정도였다.

[아버지의 씨우드 소스 비프 with 폴 로저 샴페인]

황교일과 백기원이 돌아간 후, 임시 명명한 메뉴 이름이었다. 좀 더 보강한 후에 신작으로 발표할 예정이었다. 텅 빈 테이블에서 남은 폴 로저를 한 잔 마셨다.

아버지를 앞세운 건 반전의 의미였다. 메뉴에도 센스가 필요했다. 이제 뻔한 건 통하지 않는다. 그렇기에 뻔한 작명에서 Fun한 작명으로 갈아타는 윤기였다.

런던의 스테이크 전문점 누스렛. 자타 공인의 맛집이다. 머잖은 미래, 스테이크만 떼어서 평가해도 그들에게 밀리고 싶지 않은 윤기였다.

샤워로 정신 줄을 챙기고 SNS를 확인했다. 이제 해외에서 오는 것도 많았다. 레이철의 것도 알버트와 베르나르 기자의 안부도 있었다.

판신위와 그 아들 즈한은 사진을 여러 장 보냈다. 그녀가 먹고 싶은 윤기의 메뉴들이었다.

도미니코 셰프도 그의 신메뉴를 올려 주었다. 레시피까지 공개하고 윤기의 의견을 물었다. 머잖아 합동 이벤트를 열 셰프. 그의 열린 마음이 고마웠다.

'화요……'

마지막으로 화요의 것이었다. 그녀는 스테이크 생산 공정에 박차를 가하고 있었다. 오늘 사진은 로봇 직화기 앞이었다. 위생복이 잘 어울리는 그림이었다.

핸드폰을 체크할 때 전화가 들어왔다.

―셰프님, 실기 테스트 준비 끝났습니다.

신입 요리사 채용의 현장 진행을 맡은 창혁이었다. 간단하게 아침을 때우고 퀵보드에 올랐다.

새로 올 요리사들.

어떤 사람들일까?

얼마나 열정적일까?

만나기도 전부터 설레는 윤기였다.

"셰프님."

회의실 앞의 장태산이 손을 흔들었다.

"제가 늦었나요?"

"제가 빨랐죠."

"다른 분들은요?"

"저보다 더 빠르셨습니다."

장태산이 회의실을 가리켰다. 구 총주방장을 시작으로 진규태와 경모, 명규, 주희, 그리고 초대 미식 손님까지 전원 출석이었다.

"안녕하세요?"

미식 손님이 윤기에게 인사를 해 왔다.

"그분이십니다. 이달의 미식 손님 정선도 씨."

장태산이 손님 심사 위원으로 참석한 여자를 소개했다. 23살의 대학 졸업반이었다. 장태산이 고마웠다. 손님의 자리는 상석이었다. 장태산의 센스는 빈틈이 없다. 손님이랍시고 말석에 앉혀 놓으면 취지가 퇴색한다. 그 작은 것까지 소홀함이 없었다.

"귀한 시간 내주셔서 고맙습니다."

윤기도 예의를 갖추었다.

"저야말로 영광이에요. 이렇게 좋은 자리에 불러 주셔서… 마구 설레는걸요."

"부담 갖지 마시고요, 평소처럼 맛과 분위기만 평가해 주시면 됩니다."

"알겠습니다."

"주방에는 창혁이 혼자 있나요?"

윤기가 자리에 앉았다.

"아닙니다. 직원들 두 명 붙여 두었습니다."

명규가 답했다.

"실기에 응하신 분들 참가비는 챙기셨죠?"

윤기가 장태산을 돌아보았다. 신입 직원 모집이다. 대개는 아무런 보상도 하지 않는다. 그러나 윤기 생각은 달랐다. 기본적인 경비는 주는 게 옳았다. 호텔의 이미지를 생각하면 더욱 그랬다.

"준비해 두었습니다."

장태산이 웃었다.

"어? 그럼 우리는요?"

경모가 도발(?)한다.

"테스트 응모자도 준비해 드리는데 직원들이야 당연하지요. 특근에 심사비까지 준비했으니 심사만 열심히 해 주세요."

장태산이 답했다.

"아이고, 이거 원래 잡은 고기는 먹이를 안 주는 법인데……."

구 총주방장이 너스레로 분위기를 띄웠다.

여직원이 채점용 단말기를 나눠 주었다.

"심사 위원은 부사장님을 제외하고 총 일곱 명. 10점 만점으로, 일곱 분 모두 같은 점수로 평가하니 최종 만점은 70점이 되겠습니다."

설명이 끝나자 구 총주방장이 먼저 일어섰다.

"가시죠."

윤기는 손님을 챙겼다.

조리실에 들어서자 잔뜩 긴장한 응시자 10여 명이 눈에 들어왔다.

"이쪽은 저희……."

"아니, 셰프님들 소개부터."

창혁이 윤기와 장태산 등을 소개하려 하자 윤기가 제지했다. 응시자들에 대한 예우였다. 오늘의 주인공은 그들이지 윤기가 아니었다.

그 한마디로 응시자들의 가슴이 후끈 달아올랐다. 시작부터 다른 리폼 호텔이었다.

"오늘의 경연 소재입니다."

윤기가 요리를 내놓았다. 세브첸코에게 선보였던 3가지 갑각류 롤이었다. 겉 역시 야자분말을 둘러 튀겨 낸 그대로였다.

창혁이 응시생들에게 하나씩 분배를 했다.

"오늘 요리의 기준입니다. 여러분은 트레이너로 오는 게 아니니 설명은 생략합니다. 똑같이 만들든, 창의성을 입히든 자유입니다. 단, 거기 들어간 식재료만은 포함이 되어야 합니다."

가이드는 간단했다.

열 명의 응시생들이 바빠졌다. 지정된 조리대 앞으로 돌아가 분석을 시작한다. 일단은 후각으로 냄새를 맡는 사람이 많았다. 다음은 롤을 잘라 안에 든 내용물을 관찰한다. 마지막은 역시 시식이다. 조각난 롤이 응시생들의 입으로 들어갔다.

"분위기가 뜨거운데요."

윤기 옆의 손님 심사 위원이 중얼거렸다. 다른 사람들은 그저 주목할 뿐이다. 열 명 응시생들의 스펙은 아직 공개되지 않았다. 그들의 소개 시간에도 이름과 주특기 정도를 말했을 뿐이다. 여기도 블라인드를 지켰다. 스펙이 밝혀지면 평가에 선입견이 될 수 있기 때문이었다.

응시생들이 움직이기 시작한다. 맨 끝의 맛킹이 가장 빨랐다. 흔한 번호표 대신 닉네임 명찰을 달았다. 다들 맛난 셰프의 꿈을 꾸는 사람들. 번호로 부르고 싶지 않았다.

두 번째는 중간 조리대의 올인이다. 그 뒤로 나웍과 산해진미가 이어졌다. 재료 바구니가 채워지기 시작했다. 랍스타와 게는 쉬웠다. 문제는 크레이피시였다. 준비된 갑각류는 많았다. 새우도 있고 따개비도 있었다.

세 명이 새우를 집었다. 게와 크레이피시만 집는 사람도 있었다.

더 어려운 건 롤의 표면 재료였다. 준비된 분말은 많았다. 밀가루를 시작으로 쌀가루, 메밀가루, 송홧가루… 무려 10여 가지였으니 응시생들의 고민이 컸다. 선택하는 방식도 여러 가지였다. 가루 맛을 보는 사람도 있고 냄새를 맡거나 손가락으로 비벼 보는 사람, 심지어는 물에 녹여 보는 사람도 있었다.

그들을 보조하는 창혁도 돋보였다. 창혁은 초보 냄새를 풍기

지 않았다. 일부는 경력이 꽤 되는 응시생들이지만 오히려 압도
하는 창혁이었다.

"창혁이 많이 컸네?"

진규태가 중얼거렸다.

"송 셰프 수제자잖아요."

경모가 장단을 맞춘다.

"수제자라서가 아니라 그만큼 노력을 한 거야."

구 총주방장이 정리를 한다. 그 말이 딱이었다. 창혁은 노력파
였다. 다리를 저는 핸디캡을 노력으로 극복하고 있었다.

주어진 시간은 90분.

그러나 시험장의 시간은 평소보다 빠르게 흐른다. 자신이 없
을수록 그랬으니 시간은 벌써 10분을 지나 있었다.

일부 응시자는 이미 길을 찾았다. 특히 닉네임 올인이 빨랐
다. 그의 도마 옆에는 샘플 롤이 한 조각 남았다. 나머지는 먹고
부수고 물에 녹여 봄으로써 요리의 정체를 파악한 것이다.

"센스가 굉장한데?"

구 총주방장이 중얼거린다. 올인이 찾아 온 트랜스글루타미나
아제 때문이었다. 윤기와 달리 그는 찌고 살을 바르는 과정 없이
생살로 진행했다. 게와 랍스타를 잡는 실력도 발군이었다. 게는
몰라도 랍스타는 잡기 어렵다. 특히 집게발은 셰프들 사이에서
도 몽둥이로 팬다는 말이 나올 정도였다. 올인은 노하우가 있었
다. 반원의 용기를 대더니 송곳으로 수직의 줄을 그었다. 중앙과
측면까지 네 번이었다. 그런 다음 키친타올로 감싸고 대바 칼등
으로 내려치자 갑옷 같은 껍질이 깔끔하게 갈라졌다.

안에서 나온 살을 다져 가지런히 펼친다. 그 위로 트랜스글루타미나아제 가루를 솔솔솔… 게와 크레이피시를 잡는 과정도 똑같이 깔끔했다. 신기에 가까운 솜씨였으니 남은 껍질조차 보기가 좋았다.

"랍스타 회 담당 경력도 있나 본데요?"

진규태도 혀를 내두른다.

회라면 집게발의 뼈 잔해가 묻으면 안 된다. 그러자면 생선회를 뜨듯 깔끔하게 껍질을 벗겨야 한다. 그런데 그가 밝힌 주특기는 랍스타가 아니었다.

[밥 짓기]

올인이 밝힌 주특기였으니 흥미롭지 않을 수 없었다.

올인과 대척점에 선 건 닉네임 온리푸드였다. 그는 투박한 박력의 소유자였다. 집게발 두 개를 겹쳐 올리더니 키친타올로 감싼다. 그런 다음 도마 위에 놓고 두툼한 팬으로 후려쳤다. 다소 요란하기는 했지만 껍질은 단숨에 깨졌다. 그의 선택은 트랜스글루타미나아제가 아니라 계란 노른자였다. 계란은 귀신처럼 골랐다. 그가 가져온 건 모두 유정란이었다.

"투박해서 그렇지 자연적인데?"

구 총주방장이 웃었다.

그렇다고 다 좋은 건 아니었다. 닉네임 정성만렙은 좀 빗나갔다. 식재료는 제대로 골라 왔지만 방법의 길이 달랐다. 게와 랍스타, 크레이피시 반죽을 한군데 섞어 세 개의 판을 만들고 있었다.

"저건 실용적인데?"

경모의 생각이었다.

―요리가 배에 들어가면 다 똑같지.

이런 생각을 하는 사람도 많다. 그런 사람들은 고급화를 지향하는 요리에 거부감을 느낀다. 그런 측면에서 보면 정성만렙의 요리는 실용적이었다.

30분 경과.

이제 응시생들의 요리가 가닥을 잡아 가고 있었다. 재료가 무엇이든 롤로 가는 과정 속으로 들어간 것이다. 다만, 딱 한 사람, '질럿'은 달랐다.

그는 밥을 하고 있었다.

"밥?"

"뭘 하려는 거지?"

"혹시 볶음밥으로 가려는 건가?"

모두의 시선을 받는 것도 모른 채, 질럿은 밥에 불을 댕겼다.

"흐음."

윤기조차도 흥미로운 일탈이었다.

1시간 경과.

찜통을 이용한 응시생들의 식재료도 롤이 될 준비를 마쳤다. 찜에서 나온 살을 가장 잘 다루는 사람은 나욱이었다. 찜살의 풍미가 빠져나가지 않도록 젖은 타올로 뚜껑을 덮어 가며 살을 분리했다.

응시생들은 여기서 또 갈래가 나뉘었다. 정성만렙과 산해진미였다. 숯불이었다. 정성만렙은 참숯에 솔잎을 동원하고 산해진미는 너도밤나무 숯이었다. 롤에 불맛을 가미하는 두 사람이었다.

그것 외에도 새로운 시도가 있었다. 닉네임 초자연은 각각의 살에 색물을 들였다. 반죽 상태에서 채소즙을 넣어 색감을 살려 놓았다. 속만 그런 것도 아니었다. 롤로 쓴 반죽에 게 껍질 분말을 섞어 다홍의 색채를 부각시켰다.

"송 셰프, 세 번째 응시자 '밑반찬' 좀 보시게."

구 총주방장이 나지막이 속삭였다. 밑반찬은 홍일점이었다. 주특기를 장아찌 담그기라고 말해서 주의를 끌었던 응시생. 그녀의 겉 반죽은 초자연보다 섬세하게 들어가고 있었다. 게 껍질과 랍스타, 크레이피시의 껍질을 다 동원했다. 붓으로 롤의 겉면에 세 줄로 발라내 튀기니 색감이 압도적이었다. 비슷하면서도 조금 다른 세 식재료의 색감 차이가 눈을 즐겁게 만들었다.

"눈이 정화가 되는 기분인데?"

구 총주방장의 입가에 미소가 가시지 않았다.

윤기의 관심은 질럿에 있었다. 그의 갑각류들은 세 갈래로 흩어졌다. 찌고 얇게 튀기고, 나머지는 생살……

'혹시?'

윤기의 고개가 살짝 기울었다. 얇게 튀겨 낸 것들 때문이었다. 딱 한입 크기. 하지만 밥 위에 올리면? 초밥이 되는 것이다.

1시간 20분 경과.

"10분 남았습니다. 이제 마무리에 들어가 주세요."

진행을 맡은 창혁이 주의를 환기시켰다.

마감 10분 전.

여기서 회비가 엇갈린다. 여유 있게 온 사람은 무난하게 마무리가 되고 시간에 쫓기는 사람은 요리를 망칠 확률이 높아지는 구간이었다.

결국 사고가 났다. 밑반찬 옆의 별다섯이었다. 그의 롤은 대형으로 세 개였다. 급하게 롤을 건져 내다가 하나를 떨어뜨렸다. 그게 도르르 굴러 바닥으로 추락했다. 얼굴이 사색이 된다. 그가 준비한 접시는 세 개 세팅용이었다. 하나를 버렸으니 접시부터 다시 골라야 했다.

질렀은 결국 초밥으로 달렸다. 고이 쥐어 낸 밥 위로 세 가지 장르로 요리된 갑각류 살이 올라갔다. 샘플로 주어진 건 롤이었다. 그렇기에 모두가 롤을 향해 달렸다. 오직 그만, 톡 튀는 일탈로 플레이팅을 마쳤다.

"1분 전입니다. 마무리하시고 물러서세요."

창혁의 목소리가 단호해졌다.

열 응시자들 중의 일곱이 물러났다. 나머지 중의 한 명도 플레이팅을 마쳤다. 색조의 마법을 부린 밑반찬이었다. 그러나 별다섯과 또 한 명의 응시자는 끝내 시간을 넘기고 말았다.

"종료합니다."

창혁의 선고와 함께 열 명 응시자의 경연이 끝났다.

"식재료 공개합니다."

창혁의 손이 바빠졌다. 보조가 가져온 바구니를 열었다. 게와 랍스타, 그리고 크레이피시, 마지막으로 야자 분말이었다.

"아……."

"아."

응시생들 입에서 나온 발음은 똑같았다. 의미는 달랐다. 식재료를 맞힌 사람은 안도였고 맞히지 못한 사람은 절망이었다.

"자신의 요리에 대한 설명의 기회를 드립니다. 원치 않으시는 분은 생략도 가능합니다. 산해진미님부터 시작할까요?"

창혁이 어필의 기회를 주었다.

"식재료 파악이 어려웠는데 맞혀서 기쁩니다. 제가 스테이크를 주로 해서 해산물 요리는 서투릅니다. 때문에 샘플과 똑같이 가기보다는 저만의 기호에 맞춰 속살에 포인트를 주었습니다. 피망가루와 트러플 가루가 그것인데 좋은 느낌으로 남으면 좋겠습니다. 응시 기회를 주셔서 감사합니다."

산해진미의 설명은 표준적이었다.

"저도 식재료에서 많이 헤맸습니다. 특히 크레이피시가 그랬는데 하마터면 왕새우를 넣을 뻔했어요. 그래서 아예 새우살까지 합쳐 4단 롤로 진행했습니다. 갑각류 하면 아무래도 새우가 빠질 수 없으니까요. 모쪼록 합격할 수 있으면 좋겠습니다."

맛킹은 조금 떨었지만 전체적으로는 무난하게 마무리를 했다.

밑반찬과 올인, 온리푸드 등의 설명도 대동소이했다.

"질럿님."

창혁이 질럿에게 발언권을 넘겼다.

"저만 다른 장르가 되었네요. 사실 다들 다르게 할 줄 알았는데……."

머쓱한 얼굴로 말을 이어 가는 질럿.

"제가 좀 유난하거든요. 남들과 똑같이 가는 걸 못 봐요. 그래서 안에도 고추냉이 대신 색다른 것들을 넣었습니다. 케첩도 있고 아보카도도 있습니다. 요리를 가지고 장난을 한 건 아니고요, 송 셰프님이 독창적인 맛을 잘 살리시길래 제 방식으로 좇아가 보았습니다. 다들 실력 보니 떨어질 건 뻔한 것 같은데, 송 셰프님 앞에서 요리를 해 본 것으로 만족합니다. 감사합니다."

질럿의 설명은 쿨했다. 누가 봐도 탈락 각이다. 그럼에도 기죽는 그림이 아니었다.

랍스타 잡기의 달인 올인의 설명도, 게 껍질의 색채 마술사 밑반찬의 설명도 끝났다. 이어진 건 시식이었다. 요리는 전시물이 아니다. 포인트는 맛의 조화였다. 신선한 갑각류를 튀겨 냈으니 기본적인 맛은 있기 때문이었다.

"온리푸드님."

윤기가 그 앞에 섰다. 단숨에 집게발을 부수던 응시생이었다.

"랍스타 잡는 방식이 호쾌하던데 자신만의 노하우인가요?"

"아닙니다."

온리푸드가 얼굴을 붉혔다. 그다음에 나온 설명으로 얼굴이 붉어진 이유를 알았다.

"랍스타는 처음이라 마음이 급해서요, 게다가 생물들은 빨리 다뤄야 신선도를 유지하잖습니까?"

"그럼 큰 소라가 나왔으면 어떻게 하려고 했어요?"

"그래도 똑같이 했을 겁니다."

솔직하다. 그 마음이 분위기를 유쾌하게 만들었다.

"그에 비하면 올인님의 노하우는 하이 레벨이더군요?"

윤기 걸음이 마지막 자리의 올인 앞에 멈췄다.

"저도 스테이크 쪽이라 랍스타는 처음이었는데 큰 소리를 내면 다른 응시자들에게 방해가 될까 봐 소리가 작게 나는 방법을 찾았습니다. 단단한 얼음도 송곳을 대면 쉽게 부서지니까 살짝 라인을 넣어 주면 소리가 작을 것으로 생각했습니다."

"노하우는 노하우인데 랍스타 노하우는 아니었군요?"

"네, 이거 이렇게 설명하면 안 되는데……."

올인도 두 볼이 붉어졌다.

응시생들이 조리대를 정리하고 옷을 갈아입는 사이에 채점이 진행되었다. 열 명을 채점하는 까닭에 시간이 좀 걸렸다.

"다 되었습니까?"

장태산이 물었다.

"저, 저는 잠깐만요."

경모였다. 평가가 쉽지 않은 모양이었다. 그건 손님 심사 위원도 마찬가지였다. 그녀도 오래 고민을 했다.

애당초 5명을 선발하려던 윤기. 커트라인 동점자가 나와 여섯 명을 뽑았다. 요즘은 공무원 시험도 이렇게 선발을 한다. 그중 한 명이 바로 일탈의 끝판왕 질럿이었다.

"으아악."

합격자 명단을 본 질럿이 몸서리를 쳤다. 미식하우스로 가려는 윤기에게 달려와 꾸벅 인사를 했다.

"고맙습니다. 셰프님. 저 열심히 요리할게요."

그가 커트라인으로 기사회생을 한 건 윤기 덕분이었다. 보통

8점에서 9점을 주었지만 그에게 10점을 주었다. 요리에도 창의성이 필요하다. 그것 하나만으로도 질럿은 보탬이 될 수 있었다.

"꼭 필요한 인재 같아서 뽑은 거뿐이에요."

윤기 답은 간단했다. 자선사업 하는 게 아니었다. 앞으로의 성장은 오직 그에게 달렸다. 그걸 알았으면 하는 바람뿐이었다.

제7장

—

선한 영향력

"와아, 하나도 못 알아보겠어."

여수 앞 바다에 선 어머니의 입은 닫힐 줄을 몰랐다. 어마어마하게 들어선 건물들 때문이었다. 윤기는 쉬는 날을 택해 당일치기 여행에 나섰다.

"나 때는 오동도가 한가했었는데……."

어머니 눈가에 추억이 짙어진다. 어머니는 여수 출신이다. 오동도에서 여수여고를 다녔다. 그쪽에서는 최고의 학교라고 했다.

"여수여고 못 간 애들이 얼마나 부러워했는데……."

학교는 아직 언덕 위에 그대로였다.

"진입로는 많이 변했다."

찰칵.

어머니의 추억을 인증하고 바닷가로 갔다. 점심 예약이었다.

그랑 여수에 차를 세우고 레스토랑으로 향했다.

"여긴 비싸지 않을까?"

패밀리 룸에 들어서자 어머니가 긴장을 했다.

"엄마, 아들도 호텔 오너 요리사야."

"그건 그렇지만……."

"자, 마음대로 시키세요. 테이블 다리가 무너져도 책임질 테니까."

"아유, 값이……."

메뉴를 본 어머니, 기가 죽는다. 어머니는 이랬다. 한평생 검소하게 살고 있다.

"그럼 꼼장어 먹으러 가? 여수는 그거하고 서대회가 대세라던데?"

"나는 별로 안 좋아해."

"그럼 내가 시킨다?"

"그래."

어머니로부터 전권이 넘어왔다.

특선 스테이크와 대게 요리, 거기에 단품 두 개를 덧붙였다.

"자, 우리도 기분 좀 내 보자고요."

음료는 쏘제니 파리 프리미엄 버블이었다. 무알콜 샴페인이라 운전에도 무리가 없었다.

"건배?"

"그래."

챙.

얇은 잔을 울리는 소리가 좋았다.

"당일치기 말고 한 일주일 있다 갈 걸 그랬나?"

"얘, 나도 내일 출근해야 하거든."

"사모님에게는 내가 허락받아 줄게. 사모님 나흘 후에 우리 미식하우스에서 동창회 하시거든."

"그럼 고마워서 더 잘해 드려야지."

"그런가?"

"미안하지만 내일은 이 회장님 댁이 아니고 RG전자 회장님 며느리 댁이거든?"

"우와, 엄마도 사업 영역 확장했네?"

"사모님 추천에 송윤기 모친이라고 하니까 다들 줄을 선다. 나도 밑반찬 쪽에서는 너 못지않은 인기야."

"진짜?"

"그럼. 나도 머잖아 연봉 1억 찍을 것 같거든?"

"으음, 엄마한테 잘 보여야겠네? 투자 좀 받으려면?"

"투자? 말만 해. 그러잖아도 합작하자는 사모님들이 줄을 섰다."

"엄마."

"응?"

"지금 보기 좋다. 자신감 빵빵……."

"네 앞에서는 깜도 안 되지."

"내가 누구 아들인데?"

"내 아들?"

"그러니까 그런 말 하지 마. 나는 천년을 살아도 엄마 앞에서 깜도 안 돼."

"얘가 누굴 놀리나? 세계적인 셰프께서……."

"아무튼 건배."

챙.

다시 샴페인을 마셨다.

"그런데 송 셰프."

"응?"

"무슨 바람이 불어서 갑자기 여수 오자고 한 거야?"

"바람은… 엄마하고 여행 간 지가 언제인지 기억도 안 나서 그렇지."

"언제는 파리 데려간다며?"

"거기는 또 가면 되지."

"무슨 꿍꿍이 있지? 그랑 서울이 송 셰프 것이 되었으니 그랑 여수 호텔 일은 아닐 테고."

"으음, 역시 엄마는 살아 있는 귀신."

"자백해 봐."

"실은 개도에 도미하고 농어양식장을 매입했어."

"뭐라고?"

디저트를 마시던 어머니가 화들짝 놀랐다.

"개도 양식장을 매입했다고."

"양식장을 왜?"

"어류의 안정적 수급과 퀄리티를 높이기 위해서. 우리가 양식장을 운영하면 더 좋은 품질로 키워 낼 수 있잖아?"

"진짜야?"

"뿐만 아니라 한우 농장과 버섯 농장도. 외국에서는 이렇게 운영하는 레스토랑이 많아."

"그래서 엄마한테 보여 주려고?"

"겸사겸사, 엄마 고향이라 그런지 좋은 조건의 양식장이 나오는 바람에 확 사인해 버렸지."

"우리 아들 이러다 요리 그룹 되는 거 아니야?"

"되면 안 될까?"

"못 될 거 없지. 재벌은 뭐 날 때부터 재벌이야?"

"그렇지?"

"그럼 가자. 개도는 안 가 봤지만 갑자기 보고 싶네. 우리 아들 양식장이라고 하니까 말이야."

"오케이, 그럼 계산하겠습니다."

계산을 마치고 차에 올랐다. 그랑 여수는 전과 달랐다. 초창기 때는 올인 전략으로 국제 행사에 유명 인사들을 초청하면서 공격적인 마케팅을 펼쳤다.

그 결과 지역 명소로 자리를 잡았다. 그게 전성기였다. 메뉴를 보니 큰 변화가 없었다. 메인 홀과 시그니처 룸도 크게 붐비지 않았다.

판단의 근거는 주방에 있었다. 복도를 지나면서 풍미를 맡았다. 셰프들은 활력이 없고 요리의 풍미도 그저 그랬다.

기왕이면 최고의 호텔과 레스토랑으로 거듭나 리폼과 경쟁하기를 바랐던 윤기. 가벼운 시동과 함께 선착장을 향해 출발했다.

양식장은 마음에 들었다.

육지에서 떨어진 곳이라 수질도 좋았다. 관리인을 만나 인사를 하고 몇 마리를 건졌다. 즉석에서 회를 떠 맛을 보았다. 육질과 풍미가 좋았다.

서울까지의 운송 타이밍만 맞추면 최고의 싱싱함으로 어류 요리를 할 수 있을 것 같았다.

"엄마, 아."

두툼한 농어 한 점을 어머니 입에 넣어 주었다. 오랜만의 애교였지만 어머니가 좋아했다.

"잘 부탁합니다."

관리인들에게 회식비를 챙겨 주고 배에 올랐다. 이제 내 양식장이 생겼다. 앞으로의 요리가 더 신날 것만 같았다.

"셰프님."

서울로 가는 길, 장태산의 전화가 들어왔다.

"부사장님."

"어디세요?"

"여수 양식장에 들렀다가 올라가는 길입니다."

"혹시 강원도 한우 목장도 가실 겁니까?"

"그럴까 했는데 늦을 것 같아서요, 왜요?"

"실은 그쪽에 산불이 났답니다."

"……?"

"걱정 마십시오. 우리 목장 쪽은 소방대원들이 조기 진화를 해 줘서 안전하다고 합니다."

"그래요?"

"막 소를 대피시키려던 참이었는데 때맞춰 헬기하고 진화대가

투입된 모양입니다."

"아……."

"하지만 처음에 사려고 했던 목장 말입니다. 작은 산을 두 개 사이에 두고 있는데 그쪽은 전소된 모양입니다. 한우 2,000마리가 죽었다고 하더군요."

"아휴, 저런……."

"양식장은 어떻습니까? 보여 드리고 인수를 했어야 하는데 셰프님이 늘 바쁘다 보니……."

"마음에 들었습니다. 수고가 많으셨어요."

"그럼 조심해서 올라오십시오."

통화가 끝났다. 방송을 틀었다. 산불 뉴스가 나오고 있었다. 진화대원들이 보인다. 거대한 산불을 막아서는 그들의 모습이 애달파 보였다.

불은 무섭다. 윤기도 주방의 불을 경험한 적이 있었다. 조리고 실습실이었다. 친구의 실수로 기름에 불이 붙었다. 삽시간에 주방이 타 버렸다.

"후우."

가슴을 쓸어내렸다. 농장이 타 버리면 낭패가 될 일이었다. 그걸 꺼 준 소방대원들이 한없이 고마웠다. 숨을 돌리는 시간에 그들이 간이식사를 하는 모습이 나왔다. 화재 현장 인근이다. 대충 앉아서 끼니를 때우고 있다. 손에 든 건 컵라면 아니면 김밥이었다.

"……!"

윤기 안색이 착잡하게 변했다.

톨게이트를 나와 집 근처의 도로에 어머니를 내려 주었다.

"집에서 좀 쉬지?"

요리할 게 있다고 하자 어머니가 걱정을 했다.

"예약이라서요. 푹 쉬세요."

어머니를 안심 시키고 리폼 호텔로 달렸다.

[급한 요리가 있어서요. 정말 미안하지만 한두 명만 도와 주시면 고맙겠습니다.]

진규태를 비롯해 팀장급 셰프들에게 문자를 보냈다.

"어? 셰프님?"

로비의 황 반장이 인사를 해 왔다.

"오늘 근무세요?"

"예, 셰프님은요?"

"급하게 요리할 게 있어서요."

"아이고, 밤 10시가 넘었는데?"

"쉬실 시간인데 방해해서 미안합니다."

"그런 말씀 마세요. 저번에 제 딸 앞에서 아빠 체면 세워 주셔서 죽을 때까지 밤 새워도 끄덕없습니다."

"따님은 잘 다니고 있죠?"

"그럼요. 셰프님이 주신 스테이크 먹었더니 힘이 펄펄 난다고 합니다."

"혹시 셰프들 오면 주방으로 좀 보내 주세요."

"알겠습니다."

황 반장이 거수경례를 붙여 왔다.

주방에 들어서기 무섭게 조리복으로 갈아입었다. 숙성육을 체크했다. 다행히 동결함침법으로 요리할 수 있는 재료가 많았다. 그것들을 꺼내 요리 준비를 갖췄다.

그때 문이 열렸다. 구 총주방장이었다.

"송 셰프?"

"아이코, 제가 총주방장님께도 문자를 보냈습니까?"

"왜? 나는 긴급 요리에 투입될 자격도 없나?"

"그게 아니라……."

"저도 왔습니다."

두 번째 도착한 사람은 명규였다.

"내가 제일 늦은 건 아니겠지?"

세 번째는 진규태.

"내가 꼴찌네?"

네 번째 도착자는 경모였다.

"뭐야? 대통령이라도 오시는 거야?"

진규태가 조리복을 꺼내며 물었다.

"그분보다 더 숭고한 분들이 드실 겁니다."

"대통령보다?"

조리복을 입던 모두가 윤기를 돌아보았다.

"강원도 우리 농장 옆에 산불이 났지 않습니까? 오면서 뉴스를 보니까 필사적으로 불을 끄는 소방대원들 먹는 게 신통치 않았습니다. 불이 아직 진화되지 않았다던데 그렇게 먹고 어떻게 힘을 내겠습니까? 그래서 따뜻한 아침이라도 해서 보내려고요."

"지난번에는 간호직 공무원들, 이번에는 소방대원들이군?"

구 총주방장이 웃었다.

"지난번에는 봉사였지만 이번에는 의무입니다. 목숨 걸고 불꺼 주는 분들인데 밥 한 끼 올리는 거 대수도 아니잖아요?"

"당연하지. 더구나 우리 농장 불까지 막아 줬다면."

구 총주방장이 앞치마 끈을 조였다.

"강원도 현장까지 밟으면 2시간입니다. 온장차 준비하고요, 대책 본부에 연락해서 소방대원들, 진화대원들 숫자 좀 알아봐 주세요. 메뉴는 동결함침 스테이크입니다. 부드럽게 녹으니 체할 염려도 없고요, 탄수화물은 김치주먹밥을 끼워 넣겠습니다. 국물도 필요할 테니 백된장국 준비하세요."

윤기가 말했다.

"현재 현장에 동원되는 진화대원들은 200여 명이고 소방대원이 80명, 그리고 레미콘 기사가 40여 명이랍니다."

연락을 맡은 명규가 상황을 전해 왔다.

"레미콘 기사?"

"가뭄이라 담수지가 말라 헬기가 퍼담을 물이 없답니다. 그래서 레미콘 기사들이 레미콘 차로 물을 공급하고 있답니다."

"헬기는?"

"그분들 역시 급박한 상황에 끼니를 거를 때가 많다고 하네요."

"그럼 넉넉하게 500인분으로 맞추자고요."

"오케이."

"저하고 총주방장님이 스테이크를 맡을 테니 진 부장님이 소스 책임지고, 경모 선배는 가니쉬, 명규는 주먹밥하고 된장국 좀 맡아 줘."

"오케이."

분담과 함께 요리가 진행되었다.

밤 11시, 주방 상황은 화재 진압 현장 못지않게 분주해졌다. 그렇다고 어느 것 하나 허투루 굽지 않았다. 호텔 테이블에 올리지 못할 재료는 과감하게 처분했다.

새벽 3시, 요리가 끝을 보이기 시작했다. 소스를 마친 진규태와 가니쉬를 끝낸 경모가 포장을 도왔다.

온장탑차는 이미 대기 중이었다. 포장이 끝난 스테이크 도시락은 바로바로 온장차에 실렸다. 황 반장과 보안 요원들도 힘을 보태 주었다.

도시락에는 아무것도 표기하지 않았다. 누군가 리폼 호텔이라는 스티커 정도는 괜찮지 않냐고 했지만 윤기가 사양했다. 그저 따뜻한 한 끼를 제공하는 거면 충분했다.

"내가 다녀오지."

운반 책임은 구 총주방장이 맡았다. 윤기가 가려 했지만 셰프들이 말렸다. 자칫 런치 예약까지 펑크가 날 수 있기 때문이었다.

"단체로 사우나 갔다가 새우잠 때리고 오자?"

진규태가 의견을 냈다. 시간으로 보아 그게 좋을 것 같았다.

근처의 사우나에서 땀을 뺐다. 그 안에서 각자 재주껏 잠을 청했다.

아침 7시 50분.

윤기가 눈을 떴다. 다른 셰프들은 아직 꿈나라였다. 런치 타임이 있으니 하나둘 깨웠다.

"어? 저거……."

탈의실에서 옷을 입던 경모가 뉴스를 보았다. 소방대원과 진화대원들이었다.

야산 아래에서 간이식사를 하는 모습이었다. 윤기가 보낸 도시락이었다. 그 앞에 선 지역방송국 기자가 뉴스를 전하고 있었다.

"밤새 화마와 싸운 소방대원과 진화대원들에게 익명의 독지가가 따뜻한 식사를 보내 주었습니다. 피로와 허기에 지친 대원들에게 큰 힘이 되고 있습니다. 먼저 먹고 방화선으로 달려간 대원들과 헬기 기장들 역시 든든한 식사로 힘이 난다는 소식을 무전으로 전해 왔습니다. 온 국민의 지지를 받고 있는 우리 대원들, 오전 중으로 주불 진화에 성공하기를 기대합니다."

짝짝짝.

탈의실 안에 박수가 울려 퍼졌다. 사우나를 하러 온 사람들이었다.

"우리나라 아직 살 만해."

"아으, 누가 저렇게 착한 생각을 했을까?"

"더구나 익명이라잖아요? 다들 뭐 하나 하면 생색내느라 바쁜데……."

사람들의 폭풍 칭찬이 쏟아진다.

윤기와 셰프들, 피로가 싹 가셔 버렸다.

*   *   *

비가 내리기 시작했다. 산불을 알고 나니 비가 반가웠다. 역시 뭐든 골고루가 좋다. 해도 뜨고 구름도 끼고 비도 와야 한다. 여러 가지 날씨가 있는 건 다 이유가 있었다.

런치 타임이 끝나고 잠시 나와 우산을 썼다. 토닥토닥 빗소리가 좋았다. 잠시의 여유를 즐기지만 마중의 의미도 있었다. 런치의 마지막, 중국 쉐궈민의 예약이었다. 다섯 명의 동반자까지 딸렸다.

'앗?'

윤기 머리에 불빛이 스쳐 갔다.

다섯 명.

쉐궈민을 합치면 여섯이었다. 문득 세브첸코가 스쳐 갔다. 쉐궈민은 메뉴 예약을 하지 않은 상태였다.

"창혁아."

주방으로 가서 창혁을 불렀다. 창혁은 듣지 못했다. 뭔가에 몰입 중이다.

"창혁아."

다시 부르자 그때야 고개를 돌렸다.

"요즘 수상한데?"

"아닙니다. 왜요?"

창혁이 얼굴을 붉혔다.

"세 황제의 만찬 말이야, 재료 좀 체크해 줘."

"어? 누가 예약했어요?"

"아직은… 하지만 혹시 몰라서……."

"아, 중국 손님요?"

창혁이 바로 감을 잡는다. 창혁과는 이제 눈치로도 통하는 사이였다.

"김 사장님, 송윤기입니다."

가락동 김풍원에게도 전화를 걸었다.

그사이에 의전용 차가 들어왔다. 장태산이 먼저 내린다. 오늘도 VVIP 수행을 직접 하는 장태산이었다.

"송 셰프님."

쉐귀민의 인사는 활력에 넘쳤다.

"여긴 저희 경영 클럽 멤버들입니다."

다섯 동반자를 소개한다. 다 젊었는데 한 명은 여자였다. 장태산은 찡긋 눈치를 보내고 퇴장했다.

"으음… 이 냄새 좋은데요?"

메인 홀에 앉더니 실내 공기를 음미한다.

"먼저 오신 손님들이 카포나타를 드셨습니다. 아몬드 가루와 설탕이 특징이라 달달하고 부드러운 풍미가 남았습니다."

"아, 우리는 혹시 세브첸코 만찬으로 될까요?"

역시.

윤기의 예상이 맞았다.

"오르톨랑만 이해해 주시면 가능합니다."

"괜찮습니다. 셰프 요리가 하도 많아서 뭘 먹을지 결정하지 못한 건 제 잘못이니까요."

"그럼 준비하겠습니다."

"아, 저기 쑤냥은 히틀러의 영계요리도 추가로 부탁합니다. 중국에서 칼럼을 읽었다는데 꼭 한번 먹어 보고 싶다네요."

쉐궈민이 여자를 가리켰다.

"알겠습니다."

접수를 하고 주방으로 나왔다.

"진짜 세 황제의 만찬이네요?"

창혁은 윤기의 혜안에 혀를 내둘렀다.

바닷가재 요리를 진행하면서 서대와 가자미 그라탕에 들어갔다. 그 중간에 응용 오르톨랑을 만들었다. 참새고기 안에 브랜디를 주입한 것. 쉐궈민은 미각 이상이니 그만의 레시피를 적용시켜 주었다.

양해를 구했으니 오르톨랑은 메뉴에서 빼도 그만이었다. 하지만 세트가 되다 보니 어느 하나를 생략할 수 없었다. 그렇게 되면 세트가 아니기 때문이었다.

"맛 좀 봐."

응용 오르톨랑이 나오자 창혁에게 한 점을 내밀었다. 시식용까지 일곱 마리를 요리한 윤기였다.

"어? 똑같은데요?"

"쓰으, 천천히 잘……."

"으음… 그러고 보니 깊은 맛이 조금 떨어지네요."

"느낌은 대충 비슷하지?"

"훌륭해요. 미식가가 아니면 모를 정도예요."

"내가 알잖아?"

윤기가 웃었다. 그 한마디에 창혁이 압도되었다. 윤기의 마인
드가 이랬다. 손님을 속이는 건 자신을 속이는 것. 그런 레시피
는 윤기 사전에 없었다.

"이야."

만찬이 나가자 쉐귀민의 동반자들이 환호를 했다. 홍일점으로
온 여자의 히틀러 영계도 인기를 끌었다. 호기심 때문인지 남자
손님 두 사람이 추가 주문을 요청했다.

모두가 만족하니 쉐귀민은 흡족했다.

계산은 기준 가격의 3배로 치렀다. 그들이 돌아가기 무섭게
차량들이 들어섰다.

"예약이 남았어?"

창혁이 순지를 돌아보았다.

"아뇨."

"그럼 뭐지?"

"어머, 방송사 차들인데요?"

순지가 로고를 보았다. 기자들이었다. 10여 대의 차량에서 내
린 기자들이 현관으로 몰려들었다.

"송 셰프님, 어디 계십니까?"

기자들 목소리가 높으니 윤기가 나왔다.

"무슨 일이죠?"

"강원도 산불 말입니다. 거기 익명으로 보낸 감동 도시락, 셰
프님 작품이죠?"

"네?"

윤기가 소스라쳤다. 그 어떤 흔적도 남기지 않은 기부 도시

락? 어떻게 눈치를 챈 걸까?

"제가 한 일이 아닙니다만."

윤기가 손을 저었다.

"왜 이러십니까? 감동 도시락을 분석한 전문가들이 한결같이 셰프님을 지목했습니다. 리폼 호텔에서 파는 LGY 스테이크, 그 중에서도 동결함침법 말입니다."

"……"

"소방관과 진화대원들 증언도 일치합니다. 그래도 부정하실 겁니까?"

"……"

"감동 도시락, 셰프님 작품 맞죠?"

"……"

"송 셰프님."

"맞기는 합니다만……."

"역시, 그렇다니까."

앞쪽 기자가 플래시를 터뜨렸다. 그게 신호가 되었다. 기자들의 카메라가 불을 뿜기 시작했다.

기자들은 그 기세로 윤기를 밀어붙였다. 별수 없이 프라이빗 룸에서 취재를 당하게 되었다.

"직접 만든 겁니까?"

"동기를 알려 주세요."

질문이 쏟아졌다.

"기왕에 밝혀졌으니 말인데 그냥 국민 된 도리로 고생하시는 분들에게 따뜻한 밥 한 끼 드려야겠다는 것뿐이었습니다. 그러니 취재는 하시되 기사 게재는 말아 주세요. 별일도 아니었습니다."

"셰프님은 별게 아닐지 몰라도 소방대원들과 진화대원들은 잊지 못할 감동이라고 했습니다. 이거 한번 보시겠어요."

한 기자가 취재 영상을 보여 주었다. 60에 가까운 진화대원이었다. 커다란 등짐펌프를 진 채 도시락을 먹은 소감을 말했다.

[산불 진화 나가면 꼴딱 굶는 게 다반사죠. 식사가 온다고 해도 간이식이 대다수라 욱여넣는 게 일상입니다. 연기에 냄새에 피로에… 맛이 있을 리가 없잖아요. 그런데 그날은 우리 대원들… 그 도시락 먹으면서 울었습니다. 평생을 진화대원으로 살아왔지만 그렇게 맛나고 귀한 도시락은 처음이었습니다. 누군가 우리를 이렇게 응원하는 사람이 있구나, 빨리 먹고 죽기살기로 불 끄자… 모든 대원들이 그랬어요.]

"……."

심쿵이었다. 윤기 목이 살짝 메어 왔다.

"그러면 딱 한마디만 하겠습니다."

"셰프님."

"작으나 힘이 되었다니 고맙습니다."

"그게 끝입니까?"

"화마와 싸우신 분들입니다. 주인공은 그분들이 되어야지 왜 제가 낍니까? 부탁하건대 가서 그분들을 취재해 주세요. 도시락 따위가 어떻게 그 숭고한 사명 위에 있을 수 있단 말입니까?"

"······."

"이제 돌아가 주세요."

윤기가 입구를 가리켰다. 그 모습이 단호하니 기자들이 군말을 달지 못했다.

[감동 도시락의 주인공은 리폼호텔의 송윤기 셰프]
[소방대원과 진화대원들의 숭고한 노고가 희석된다며 인터뷰 사양]

기사가 나갔다. 윤기의 소망대로 짧았다. 그러나 폭발력은 더 컸다. 윤기의 마인드에 엄청난 응원이 쏟아졌다. 그 응원 속에는 이상백의 것도 있었다.

"기자님이죠?"

통화 중에 윤기가 물었다.

"뭐가요?"

"감동 도시락 출처 추적한 거요?"

"미안하지만 나도 제보받은 거거든요."

"제보라고요?"

"그 도시락 먹은 사람 중의 하나가 제 팬이었던 모양이더라고요. 이러저런 맛의 도시락인데 아무래도 송 셰프님 것 아니냐? 하고 묻던데 지금 누구한테 덮어씌우는 겁니까?"

"······."

"아무튼 진짜 괴물입니다. 밤을 새운 거죠?"

"혼자 만든 것도 아닙니다."

"그게 중요합니까?"

"아무튼 기자님이 문제라니까요."

"저는 문제없고요, 그거나 알고 계세요. 소방방재청에서 감사패 준비 중이라는 거."

"저는 그런 거 필요 없어요."

"됐고요, 문제는 셰프님입니다. 이제 슬슬 기사 제공에 소홀하고 있어요. 신사협정 자꾸 어기면 대서특필 제재(?) 들어갈 겁니다?"

이상백의 협박은 귀여웠다.

"셰프님."

통화가 끝나기 무섭게 화요 전화가 들어왔다.

"화요 씨."

—감동 도시락… 역시 셰프님 작품이었군요?

"아, 그거 정말 별거 아닌데……."

—그걸 판단하는 건 국민들 몫이거든요.

"이 말 하려고 전화했군요?"

—아뇨, 저 공무로 연락드렸어요.

"공무?"

—진화대원들 감동 도시락만은 못하지만 저희 제품 공정 라인도 이제 완성되었어요. 오셔서 체크 좀 해 주세요.

"정말입니까?"

—네, 하지만 셰프님의 체크가 없으면 가동하지 않을 겁니다.

"그거라면 가야죠, 언제죠?"

—월요일에 쉬시니 그때 와 주세요. 셰프님 허락이 떨어지면

제품은 화요일에 출시합니다.

"화요의 화요일이군요?"

─그렇게 되나요? 그럼 월요일에 뵈어요.

화요의 인사는 긍정으로 가득했다.

'대단하네.'

통화를 끝낸 윤기의 소감이었다. 처음에는 어이도 없어 보이던 제안. 그걸 해내고 마는 화요였다. 벌써부터 월요일이 기다려졌다.

제품의 자동화.

대세가 되었다.

유명 셰프 요리의 대중화는 이제 피할 수 없는 시대적 풍경이 되었다. 이른 아침, 대구 턱살 요리로 어머니의 식탁을 차렸다.

"엄마."

정중하게 시식을 부탁했다.

"스페인에서 유명한 꼬꼬차입니다. 평가를 부탁드립니다."

윤기가 요리를 가리켰다. 꼬꼬차는 한국의 동태전과 닮았다. 계란물을 입혀 익히기 때문이다. 이 요리의 포인트는 탱탱함에 있었다. 곁들임은 훈제 파프리카. 이건 윤기의 선택이었다.

"좋은데?"

어머니가 말했다.

"별 몇 개?"

"다섯 개."

"에이, 엄마는 맨날 별 다섯이야."

"아니면? 엄마도 몰래 밤새 도시락 만들어서 진화대원들 감동시키는 아들 요리에 줄 수만 있다면 별 백 개도 주고 싶거든."

"별을 남발하시네."

"사모님하고 회장님도 송 셰프 칭찬하느라 바쁘셨어. 그런 마음을 가지고 사니 요리가 더 맛난 거라고."

"아이고, 저 낯 뜨거워지니까 이제 그만 출근하세요."

"송 셰프는? 오늘 쉬는 날이잖아?"

"화요 씨네 공장에 가 봐야 해요. 상품화하는 스테이크 공정이 완성되었다네요."

"어머, 그럼 이제 편의점에서도 우리 송 셰프 스테이크를 사 먹을 수 있는 거야?"

"일단은 백화점 중심으로 나갈 모양이에요."

"잘됐으면 좋겠다."

"잘될 거예요. 화요 씨가 보통이 아니거든요."

"그건 나도 알아."

"어머니가 어떻게요?"

"나이는 꽁으로 먹는 줄 아니? 대차고 싹싹하고… 척 보면 압니다."

"……."

"송 셰프는 어때?"

"뭐가요?"

"화요 말이야."

"공정 얘기하다가 어디로 새는 거예요. 저 다녀올게요."

윤기가 자리를 피했다. 어머니는 관상쟁이다. 어떤 때는 윤기 속을 들여다보는 것만 같았다.

화요.

좋은 감정을 가지고 있는 건 사실이지만 아직은 그뿐이다. 그러니 달리 설명할 말도 없었다.

"셰프님."

도로를 달릴 때 화요 전화가 걸려 왔다.

"지금 출발했어요."

"알겠습니다. 기다리고 있을게요."

끼익.

차가 화요의 식품회사 주차장에 멈췄다. 거기 화요가 있었다. 전신 위생복 차림이었다. 윤기도 전신 위생복으로 갈아입었다.

생산 라인으로 들어가는 문 앞에 서자 공기 살균기가 작동을 했다.

"하루 수십 번씩 드나들던 곳인데 셰프님 모시려니까 떨리네요."

화요가 심호흡을 했다.

"화요 씨답지 않아요."

"뭐라 하셔도 좋아요. 사실은 사실이니까."

다시 숨을 고른 화요가 자동문 앞에서 말을 이었다.

"들어갑니다."

"네."

윤기의 대답과 함께 자동문이 열렸다.

"……!"

윤기의 시선이 멈췄다. 뉴스 같은 데서 보던 자동시스템이었다. 얼마나 깨끗한지 반도체 공정을 방불케 할 정도였다.

"모든 과정은 AI로 관리하고 있어요. 스테이크를 굽는 것도 최신 로봇 셰프들이 하고 있고요."

화요가 카메라를 향해 신호를 보냈다. 그러자 시제품 스테이크들이 나오기 시작했다. 마리네이드부터 컴파운드 소스의 주입까지.

"관계자를 제외하고는 셰프님이 처음 들어오신 거예요. 마음에 들지 않는 건 무엇이든 말씀하셔도 됩니다."

화요의 설명을 듣는 동안 첫 제품이 나왔다. 포장까지 완벽했다.

"시식하셔야죠?"

화요가 출구 문을 열었다. 그러자 거기 있던 개발자들의 박수가 쏟아졌다.

짝짝짝.

"여러분, LGY 스테이크의 개발자, 송윤기 셰프님이십니다."

짝짝짝.

박수가 계속 이어진다. 그들을 향해 인사를 하던 윤기, 다시 한번 얼어붙고 말았다. 개발자들 뒤에 낯익은 얼굴이 있었다.

"……?"

그 사람이었다. 미식의 왕도에 이른 음미의 미식가 홍성류… 입이 아니라 눈으로 먹던…….

"화요 씨."

윤기가 화요를 돌아보았다.

제8장

―

별들의 이벤트

"안녕하세요? 셰프."

홍성류가 다가왔다. 화요의 아버지 백 회장과 함께였다.

"예, 안녕하세요?"

어리둥절하지만 일단 악수부터 받았다. 다른 개발자들과도
악수를 나누었다. 화요가 상품 포장을 뜯었다. 그런 다음 오븐
에 넣고 데웠다. 포장지에 쓰인 공정을 따라간다. 일반 소비자가
먹었을 때와 똑같은 조건을 만들고 있었다.

땡.

오븐의 타이머가 멈췄다.

"드셔 보시죠."

화요가 접시를 내밀었다.

모락.

스테이크에서 풍미가 올라왔다. 일단 반을 갈랐다. 핑크센터가 보였다. 리폼 호텔 것에는 비할 수 없지만 흠 잡을 데는 없었다. 한 덩어리를 맛보고, 또 한 덩어리는 소스에 찍었다. 처음 나온 스테이크의 절반을 먹고 두 번째로 옮겨 갔다. 그것도 절반, 세 번째 것도 절반 가까이 먹고서야 포크를 내려놓았다.

"……."

모두의 시선이 윤기에게 쏠려 있었다. 모든 과정이 끝난 제품. 스위치만 올리면 대량으로 튀어나오게 되었다. 그 시작이 윤기의 평가에 달려 있었다.

"……."

화요도 말이 없다. 그저 윤기의 평가를 기다릴 뿐이었다.

"제 대답은……."

윤기가 주먹을 내밀었다. 그 주먹이 하늘로 향하더니… 이윽고 엄지를 우뚝 세웠다.

"만족합니다."

"와아아."

개발자들의 환호가 울려 퍼졌다.

"그럼 셰프님께서 시작 버튼을 눌러 주세요."

화요가 리모컨을 넘겨주었다.

콕.

윤기가 누르자,

지이잉.

멈춰 있던 라인이 움직이기 시작했다. 윤기의 LGY 스테이크가 본격 생산을 시작하는 순간이었다.

"와아아."

개발자들이 한 번 더 환호한다. 몸서리를 치고, 눈물을 글썽이는 사람도 있었다. 화요에 의하면 무수한 밤을 새웠다. 스테이크를 버리고 또 버렸다. 그렇게 스테이크에 미쳐 산 개발자들. 마침내 완성품으로 나오는 순간에 감정이 미어진 것이다.

"수고했어요."

백 회장이 윤기에게 고마움을 전했다.

"별말씀을……."

윤기가 답했다. 옆의 홍성류는 눈인사만 남기고 돌아섰다. 백회장이 그를 깍듯이 모셨다.

*　　　　*　　　　*

"홍 박사님 말이죠?"

화요의 사무실에서 설명을 들을 수 있었다.

"어떻게 된 거죠?"

"실은 저희 할아버지의 오랜 지인이세요. 할아버지가 식품 쪽으로 진출할 때 큰 도움을 주셨죠."

"그렇게 된 거였어요?"

"네."

"그럼 화요 씨가 저한테 보낸 건가요?"

"아뇨. 저도 나중에 알았어요."

"……?"

"제가 식품으로 독립하겠다고 하니 할아버지가 체크하셨던

거 같아요. 제 사업 능력에 대한 센스 말이죠."

"……."

"저희 집안일이지만 할아버지께서는 회사 지분에 대한 분배를 고민하고 계셨거든요. 그러다 보니 저에 대한 평가가 필요하셨나 봐요. 하지만 당신께서 직접 나서기 그러니 홍 박사님께 부탁을 하신 거죠. 이제는 초야에 묻혀 사는 홍 박사님이시지만 할아버지의 부탁만은 거절할 수 없어서 셰프님께 가신 거고요."

"……."

"할아버지 말씀이… 셰프님에게 별 다섯을 주셨다고 해요. 그런 셰프라면 믿고 가도 좋겠다고……."

"화요 씨……."

"덕분에 그룹 지분을 많이 넘겨받을 것 같아요. 원래는 2% 정도였는데 5%까지도 문제없을 것 같다고 고문변호사님이 말씀하셨어요."

"……."

"셰프님 덕분이에요."

화요가 다가왔다.

"고마워요."

윤기 품에 안긴다.

윤기는 가만히 있었다. 화요의 향 때문이었다. 그녀의 입술이 다가왔다. 이제는 차라리 마비였다. 맛난 풍미에 홀린 아이가 따로 없었으니 그때야 그녀를 당겨 키스를 나누었다.

화요의 스테이크는 괜찮았다.

그래도 그녀의 키스만은 못했다.

키스 속에서 홍성류와의 첫 만남을 생각했다.

[오랜 인연의 부탁으로……]

그 말을 이제야 알게 되는 윤기였다.

"오늘은 쉬시는 거죠? 나가요. 이제 제가 한턱 낼게요."

화요가 윤기 손을 끌었다.

"화요 씨가요?"

"여기는 제 홈그라운드잖아요?"

"배 부른데?"

"육류로 부른 배, 어류로 입가심? 어때요?"

"회를 먹자는 건가요?"

"아뇨, 구이예요."

"구이?"

"안에 초콜릿 팥소를 넣고 버터구이로 구워 낸 생선. 셰프님의 히틀러 영계의 생선판이에요."

"그런 거라면 호기심이 생기네요."

옷을 갈아입고 화요 뒤를 따랐다. 차는 타지 않았다. 회사 앞 도로를 건너더니 편의점 골목에서 멈췄다.

"잠깐만 기다리세요."

거기다 윤기를 세워 놓고 화요가 사라졌다.

"눈 감고 아, 해 보세요."

잠시 후에 돌아온 화요가 옵션을 걸었다.

"아."

눈을 감고 입을 벌리자 뭔가가 불쑥 들어왔다.

"붕어빵이잖아요?"

윤기가 눈을 떴다. 입에 물린 건 붕어빵 반쪽이었다.

"생선 맞잖아요? 안에 초콜릿과 팥을 넣은 것도, 버터구이인 것도."

"나 참……."

"마음에 안 들어요? 저 이 붕어빵 좋아하는데……."

"뭐, 맛은 괜찮네요."

"그렇죠?"

"놀랍기도 하고요, 붕어빵을 좋아한다니……."

"제가요, 셰프님 스테이크 개발하면서 소고기 원도 없이 먹었잖아요? 그때 우리 직원이 사 온 걸 처음으로 먹어 봤는데 환상이더라고요."

"스테이크만 먹다 먹으니 그럴 수도 있지요."

"그렇죠? 이따금 색다른 것?"

"네."

"그런 의미에서 저랑 음악회 가요. 라흐마니노프 피아노 연주회인데 제가 프렐류드 좋아하거든요. 셰프님도 좋아하실 거 같아요. 납치해도 될까요?"

"붕어빵은 미끼였군요?"

"하나로 적으면 더 사 올게요."

"아뇨. 충분합니다."

윤기는 기꺼이 납치를 당해 주었다.

연주회는 좋았다.

음악은 요리와 통한다. 음표도 세계 공용이기 때문이었다. 안드레아는 그걸 증명하려 했다. 음악 이상의 요리… 하지만 윤기는 그 생각을 내려놓았다. 요리로 음악을 뛰어넘을 필요는 없었다. 음악 속에 요리가 있고 요리 속에 음악이 있으면 그만이었다.

온몸으로 라흐마니노프를 감상했다. 장태산은 명화전을 구상하고 있었다. 머잖아 달리의 그림이 온다. 뒤를 이어 다 빈치의 작품도 올 것이다. 그게 자리를 잡으면 그다음은…….

음악이었다. 지금은 저 강단에서 피아노를 치고 있는 피아니스트. 그가 윤기의 메인 홀로 들어오는 것이다. 프렐류드는 장중했다.

그렇다면 장중한 요리를 내면 된다. 아니면 화요의 붕어빵 체험처럼 반대로, 가볍고 청량한 요리로 대조의 맛도 보여 줄 수 있었다.

"어때요?"

연주회가 끝난 저녁, 윤기와 화요는 여의도의 일식집에 있었다. 화요는 결국 진짜 생선을 쏘고 말았다. 윤기 앞에 놓인 요리는 도미회였다. 그런데 회를 뜬 모양이 여러 가지였다. 그건 화요의 옵션이었다. 평소에 단골이었던 화요, 윤기를 위해 주방장에게 부탁을 한 모양이었다.

[회]

원래는 요리로 인정받지 못했다. 아무런 가공이 없는 상태기 때문이었다. 그러나 회는 써는 방향과 두께 등에 따라서 맛이 달라진다. 결국 회는 요리의 지위를 차지하고 말았다. 주방장의 칼맛은 기막혔다. 얇게 썬 것은 살짝 말아 찰기를 더하고 두툼한 것은 칼집을 넣어 탄력을 줄여 놓았다. 도미살 아래에 쥐치살과 숭어살을 초슬라이스로 넣어 쥐어 낸 초밥도 그랬다. 세 가지 생선 맛의 조화가 일품이었다.

일식에 매료되고 있을 때 화요 전화가 반짝거렸다.

"저 안 받을 거예요."

화요가 전화기를 밀었다. 윤기와의 시간을 방해받고 싶지 않은 그녀였다. 하지만 거는 사람도 끈질겼다. 몇 번이나 계속되니 화요도 어쩔 수 없었다.

"네?"

받자마자 얼굴이 창백해진다.

"정말이에요?"

화요 목소리가 튀었다.

"와아, 수고했어요. 정말 수고했어요."

화요는 설렘으로 통화를 끝냈다.

"셰프님."

그리고는, 윤기를 향해 와락 소리를 질렀다.

"화요 씨."

"축하해 주세요. 오후에 출시된 제품 8,000개요, 백화점 매대에 깔리기 무섭게 완판되었대요."

"네?"

"완판요, 하나도 남김없이 완판이라고요, 뿐만 아니라 벌써부터 후기가 올라오고 있대요. 맛이 기대 이상이라고."

화요가 회사 게시판의 댓글을 찾아 내밀었다.

ㄴ 뭔가 횡재한 기분???
ㄴ 호기심에 샀는데 대박입니다.
ㄴ 리폼 호텔 예약 탈락하고 대리만족으로 샀음, 좋음이 뿜뿜.
ㄴ 다소 비싸지만 이 퀄이면 재구매 용의 있음.
ㄴ 이게 뭡니까? 늦게 가서 못 샀잖아요? 장난해요? 물량 늘려
주세요.

댓글이 도미노로 이어진다. 오븐에 데운 이미지도 줄줄이 붙
어 있다.

"셰프님."

화요가 몸을 날렸다. 그 대시를 그대로 받아 주었다. 열정을
성공으로 꽃피운 화요는, 이 순간, 무엇이든 마음대로 할 자격이
있었다.

화요의 스테이크는 대박 행진을 이어 갔다. 백화점 쪽은 진열
과 동시에 매진 행렬을 계속했다. 그래도 출하량은 늘리지 않았
다. 화요의 소신이었다.

덕분에 리폼 호텔의 위상도 올라갔다. LGY 스테이크에 대
해 잘 모르던 사람들에게 영향을 끼쳤다. 화요의 예상은 적중
했다. 그들은 다음 단계로 리폼 호텔에서 오리지널 스테이크를
먹기를 원했다. 일부 추첨을 주는 랜덤 예약 서버가 터질 지경

이었다.

"대박이에요, 방송과 신문에서 취재 요청이 쏟아지고요, 대형 쇼핑 센터에서도 요청이 빗발쳐요. 일본과 중국 쪽에서도 오퍼가 밀려들고요."

통화에서도 화요의 보람을 느낄 수 있었다.

"셰프님, 정식 요청이에요. 저 셰프님의 쿨리비악도 도전하고 싶어요."

도전을 즐기는 화요.

윤기가 기꺼이 받아 주었다.

도미니코 셰프와 데츠야 셰프. 그들과의 조인트 이벤트를 하루 앞둔 날, 윤기는 식재료실에서 재료 체크를 했다. 앞쪽에 특별한 재료가 보였다. '돼지보'였다.

저 유명한 메이의 만두에 들어갈 소의 재료였다. 다음은 적당히 살이 오른 생대구. 오늘의 특별한 고객, 페드로 회장을 위한 준비물이었다.

"셰프님, 도착하셨어요."

순지가 윤기를 불렀다.

"셰프."

메인 홀로 나오자 화요 이상으로 에너지가 넘치는 사람들이 기다리고 있었다. 페드로 회장과 그 딸 바바라, 그리고 친구 소피아였다. 바바라와 소피아는 몸을 날려 윤기를 안았다. 어느새 숙녀 티가 훌쩍 나는 두 사람. 활력에 넘치는 남미인답게 남의 시선은 안중에도 없었다.

쪽.

바바라는 윤기의 이마에, 소피는 볼에다 각각, 키스까지 퍼부었다.

"음음, 매너를 지켜야지."

인사 새치기를 당한 페드로가 굵직한 저음 견제구를 날리지만 두 예비 숙녀는 귀담아듣지 않았다. 페드로를 픽업해 온 장태산은 고요히 물러갔다. 또 다른 VVIP를 모셔 와야 하기 때문이었다.

페드로와 바바라가 온 건 보스키 도르 챔피언들의 합동 이벤트 때문이었다. 내일 모레, 도미니코와 데츠야 셰프가 내한하기로 되어 있었다.

그 홍보는 이미 홈페이지와 현수막으로 나간 상태였다. 이상백과 기자들의 지원도 뒤따랐다. 런치와 디너로 진행되는 이벤트는 이미 매진이 된 상태. 바바라와 소피아가 빠질 리 없는 행사였으니 그 핑계로 페드로도 묻어 왔다.

"세브첸코 회장이 다녀갔다고요?"

프라이빗 룸에 앉은 페드로가 물었다.

"소식 들으셨군요?"

"제가 알려 드렸어요."

바바라가 자수를 했다. 비즈니스에 바쁜 페드로였으니 모르고 넘어가는 뉴스가 많았다.

"형제분들을 이끌고 오셨습니다."

"선수를 쳤군. 다음에는 나도 친척들을 모시고 와야겠어요."

"언제든 환영합니다."

"오늘은 어떤 요리를 주실 겁니까?"

"메이의 만두와 달리의 대구구이를 내겠습니다. 대구구이는 아직 메뉴에 올리지 않은 새 요럽니다."

"셰프, 우리는요?"

"회장님 요리에 스코티시 에그와 파리지앵 뇨끼, 리코타치즈와 선드라이 토마토, 아몬드를 채워 바삭하게 구워 낸 치킨 룰라드에 샐러드와 식용 꽃을 더해 라이스 페이퍼로 말아 내는 프리마베리 롤을 곁들이면 될까요?"

"좋아요."

바바라와 소피아가 합창을 했다.

"셰프……."

페드로가 윤기 귀에 대고 속삭였다.

"메이의 만두가… 혹시 안드레아의 메이의 만두입니까?"

"예……."

"안드레아 말로는 그걸 먹으면 늙지도 않고 맛도 지상 최고의 맛이라고 했지만 그 안에는……."

페드로의 이마에 식은땀이 맺혔다.

"원방에서는 그렇지만 회장님을 식인종으로 몰아갈 수 없지요. 대체할 식재료가 있으니 염려 마세요."

"후우."

윤기가 설명하자 페드로가 안도의 숨을 쉬었다.

천하의 페드로가 긴장하는 메이의 만두?

대체 무엇?

"메이의 만두요?"

주방의 창혁이 윤기 도마를 넘겨보았다.

"중국식 만두야. 늙지 않는 묘약의 요리지."

"진짜요?"

"영화 속에서."

"……."

"하지만 진짜 맛있으면 그게 묘약이잖아? 즐겁게 먹으면 늙지도 않고."

"그건 맞아요. 하지만……."

"원래는 사람의 태아를 소로 넣는 거야."

"엑?"

"영화라고 했잖아? 그 대타로 돼지보를 쓰면 돼."

"그래서 그걸 구매하셨군요?"

"새끼 돼지야 서양이나 중국요리에서도 등장하는 거니까."

"으……."

"뭐야? 아직도 태아에 감정이입? 스코티시 에그하고 치킨 룰라드 준비나 해 줘."

"네, 셰프님."

메이의 만두 속은 착착 진행되었다. 소 안에 개미산과 미량의 MSG 투하만은 잊지 않았다. 페드로에게는 천국의 향신료이기 때문이었다.

만두를 빚어 놓고 대구를 손질했다. 일반적인 손질과 다른 길을 갔다. 장어를 가르듯 등을 갈라 펼치고 내장을 제거했다. 안에 들어갈 소시지와 랍스타살, 그리고 새우살은 버터를 발라 숯불에 구웠다.

그런 다음 내장을 긁어 낸 자리에 넣고 봉합했다. 등을 연 자리에 분자요리에 쓰는 트랜스글루타미나아제를 발라 감쪽같이 처리한 것.

이 메뉴는 달리의 그림에서 영감을 가졌다. 사람의 형상으로 누운 생선이 모티브였다. 그림에서는 랍스타와 새우가 함께 플레이팅되지만 윤기는 그것들을 대구 안에다 채우고 오븐에 구웠다.

중간중간 오븐을 열어 화이트와인 소스와 버터를 끼얹는 걸 잊지 않았다. 안팎으로 풍미가 입혀지니 군침이 제대로 돌았다.

땡.

타이머와 함께 대구구이가 완성되었다. 노르스름하게 익은 껍질이 예술이었다. 만두를 꺼내는 사이에 스코티시 에그도 끝나고 파이지앵 뇨끼도 마무리되었다.

"룰라드도 나왔어요."

창혁이 치킨 룰라드 접시를 보냈다. 아몬드 냄새가 고소했다.

"와우."

바바라와 소피아가 박수로 요리를 맞았다. 세팅은 순지와 함께했다. 그녀의 서빙 수준도 이제 주희 못지않게 올라와 있었다.

"이게 메이의 만두로군?"

딤섬 모양의 만두를 본 페드로가 군침을 삼켰다. 바바라와 소피아는 동영상 찍기에 바빴다.

"아빠, 잠깐만."

페드로가 대구 배를 가르려 하자 바바라가 잠시 스톱을 외쳤다. 카메라 각도 때문이었다.

"바바라, 송 셰프 앞에서는 매너를……."

"칫, 셰프님은 다 이해하시는데 아빠만 그래요. 꼰대처럼."

"……."

페드로는 결국 1패를 떠안았다.

"와아."

대구 배를 가르자 담백한 감칠맛이 폭발적으로 밀려 나왔다. 배 속에서 농축된 랍스타와 소시지, 새우의 풍미가 터진 것이다. 자연스럽게 채워진 소는 페드로의 목젖을 흔들 정도였다.

"이건 정말 자르고 싶지 않은데?"

스코티시 에그 앞의 바바라가 울상을 지었다.

"바바라."

카메라 각도를 잡은 소피아가 재촉을 한다.

"와앗, 너무 예쁘닷."

스코티시 에그에 칼이 닿자 황금빛 반숙 노른자가 흘러내렸다. 그런데 그냥 황금빛이 아니었다. 노른자 안에 진짜 식용금 입자를 섞었으니 그냥 한 편의 판타지였다.

바삭한 식감의 치킨 룰라드도 사진발 제대로 받았다.

"이제 먹어도 됩니까? 공주님들?"

페드로는 급했다. 그러나 딸과 친구 앞이니 차마 서두르지 못했다.

"드셔도 돼요."

바바라의 허락이 떨어지자 페드로의 손이 날개를 달았다. 메이의 만두 세 개를 거푸 집어넣는다.

"아흐……."

입안에서 터지는 풍후한 소의 맛. 미각 마비 직전의 환상이었다. 그 한 번으로 침이 그득해졌으니 페드로의 식욕에 발동이 걸렸다.

"아유, 우리 아빠 진짜… 게걸의 환생이라니까. 이거 찍어서 아빠 회사에 올린다?"

바바라가 귀여운 협박을 해 왔다.

"마음대로 해라. 나는 도저히 못 참겠으니까."

페드로의 만두는 단숨에 비워졌다. 담백하고 고소한 돼지보다진 살에 깃든 개미산의 새콤함. 목에 칼이 들어와도 멈출 수 없었다.

"셰프."

3접시를 비워 내고서야 겨우 숨을 돌리는 페드로였다.

"예, 회장님."

"이게 바로 안드레아식 메이의 만두로군요?"

"예."

"송 셰프라서 다행이오."

"네?"

"안드레아 셰프였다면……."

뒷말은 윤기의 귀에 대고 속삭인다.

"진짜 태아의 그것을 넣었을지도 모른다오."

"더 드릴까요?"

윤기는 못 들은 척 넘겼다. 안드레아의 요리는 윤기 안에서 거듭났기 때문이었다.

"여유가 있으면 아예 한 세 접시 가져오시오. 감질나서 못 견디겠으니까."

페드로, 결국 소매를 걷어붙였다.

"……?"

메이의 만두가 추가되는 동안 대구구이가 사라졌다. 뼈를 보아하니 페드로의 흡입이 틀림없었다.

"환상의 살이었소. 우리 딸은 배에 들은 랍스타와 소시지 다짐이 맛있다지만 나는 대구살이 이거였소."

페드로가 세워 준 엄지척은 천국의 기둥처럼 우뚝했다.

"그런데 셰프, 대구 배는 어떻게 채운 건가요? 배를 보니 가른 자국이 없던데요?"

바바라가 물었다.

"등을 가르고 다시 붙였죠."

"와아. 그랬구나."

"얘들아, 요리 비법도 중요하지만 가장 중요한 건 맛이란다. 오븐에서 구운 대구에서 어떻게 바비큐 맛이 나는지 그런 걸 물어야지?"

페드로 목에 힘이 들어갔다.

"보통은 바비큐 맛을 밖에다 입히죠. 하지만 바바라와 친구, 페드로 회장님은 특별하신 분이니 레시피를 뒤집어 보았습니다. 향이 안에서 침투하면 살 속 깊이 들어갈 수 있으니까요."

"보통 스모크 향은 아닌 것 같았습니다만."

페드로가 웃었다. 그는 역시 미식가였다. 윤기가 숨긴 맛을 제대로 캐치하고 있었다.

"회장님 미각은 녹슬지 않았군요. 바비큐 할 때 목초액을 조금 썼습니다. 밖에서 입히는 바비큐 농도를 맞추기 위해서요."

"들었냐? 우아한 바비큐 맛이 배어든 랍스타살에 소시지, 그러나 더 맛난 것은 그 풍미가 배어든 대구살이라는 것. 애들은 이런 맛 모르지."

"달리 전시회 때 낼 메뉴의 하나입니다. 괜찮을까요?"

"괜찮다마다, 미리 알려 주면 나도 오겠소."

"그러시면 영광이죠."

윤기가 답했다.

페드로는 자부심으로 뿌듯했다. 그 자부심은 결국 플렉스로 폭발했다. 리폼 호텔에서 진행 중인 식사비에 대한 골든 벨을 울려 버렸다.

미식하우스의 계산은 1만 불을 냈다. 순지와 창혁 등의 멤버들에게 짭짤한 팁을 줬음은 물론이었다.

"하앙, 빨리 내일이 왔으면 좋겠어요. 셰프와 도미니코 셰프, 데츠야 셰프의 맛 대결이 보고 싶어 죽겠다고요."

계산하기 무섭게 바바라와 소피아가 조바심을 냈다.

"호텔에 가서 한잠 자면 금방 내일일 겁니다."

"그럼 셰프의 요리는요? 한 끼도 안 빼먹고 먹고 싶은데……."

"……."

"소피아, 우리 같이 버티자, 오케이?"

두 예비 숙녀가 다짐을 한다. 두 예비 숙녀는 절실하지만 윤기는 행복했다. 요리를 먹어 주기 위해 잠도 마다하는 손님. 그보다 행복한 일이 있을까?

폴 보스키.

황금보스키상.

윤기는 그걸 보고 있었다. 관련 기사 스크랩도 함께 보았다. 윤기 옆에는 보스키의 칼이 놓여 있었다. 그는 떠나도 그의 칼은 남았다.

그는 떠나도 그의 레시피와 황금보스키상은 남았다. 안드레아는 그래서 요리사가 정치인이나 철학자보다 위대하다고 했다. 정치인이 남긴 업적은 만질 수 없다. 하지만 레시피는 누구의 손에서든 다시 태어날 수 있었다.

도미니코와 데츠야 셰프가 도착을 했다. 뷰가 좋은 방으로 모셨다. 둘을 영접하는 길에 바바라와 소피아가 동행을 했다. 어떻게 보면 소피아로부터 시작된 일, 또 어떻게 보면 바바라로부터 시작된 일. 그러나 따지고 보면 다 안드레아로부터 시작된 일이었다.

폴 보스키의 유언이 떠올랐다.

[10년 후 종신 심사 위원]

처음에는 의도하지 않았지만 그 마중물의 시작이 될 수도 있는 이벤트였다. 기 황금보스키상 수상 셰프들의 이벤트. 그렇기에 이상백도, 국내 요리 업계들도 일찌감치 주목하고 있었다.

메뉴는 정해졌다. 각자 황금보스키상 수상 메뉴에 더해 주특기 요리 한 가지 추가.

윤기는, 피예 드 뵈프 코리아로 정했다. 폴 보스키 대표 레시피의 하나로 꼽히는 피예 드 뵈프 로시니에서 가져온 레시피였다. 푸아그라 대신 쥐치와 아귀의 간을 넣고 송로버섯 대신 샹트렐 버섯이 들어간 페리규 소스를 낼 구상이었다.

샹트렐 버섯은 나무 향과 과일 향이 난다. 폴 보스키는 송로버섯으로 푸아그라의 느끼함을 잡았다. 그러나 쥐치 간과 아귀 간 조합의 고소함에는 샹트렐 버섯이 더 잘 어울렸다.

도미니코 셰프는 연어 캐비지를 예고했다. 연어를 햄으로 말아 버터구이를 하고 야들한 양배추로 말아 내 버터로 한 번 더 구운 요리로 연어 맛을 최상으로 살리는 메뉴였다.

데츠야는 토끼 미트볼을 올린 폴렌타로 정했다. 폴렌타는 옥수수죽을 굳힌 것으로 담백한 토끼 미트볼에 옥수수 맛을 더해 색다른 미각을 선물하는 요리였다.

[송윤기 셰프]
쿨리비악
피예 드 뵈프 로시니 인 코리아

[도미니코 셰프]
토마토와 바질 소스 곁들인 게 라비올리
연어캐비지구이

[데츠야 셰프]
마리니에르 조개류를 곁들인 광어 살사 베르데

토끼 미트볼 폴렌타.

세 셰프의 요리는 사실 3일 전에 이미 공개되었다. 특집으로 꾸민 여먹4총사의 먹방이었다. 세 셰프가 스튜디오에 출연한 건 아니었다.

영상으로 선을 보였다. 김민영과 여먹4총사는 사상 최초로 영상 먹방을 열었다. 화면을 보며 먹어 대는 연기였으니 그게 또 대박을 쳤다. 여먹4총사의 인기에 더불어 초대 손님들 덕분이었다.

초대 손님 넷은 극한 현장 프로그램에 나온 사람들 중에서 추렸다. 판에 박힌 인기인 중심에서 벗어난 게 시청자의 마음을 샀다.

짝짝짝. 그날 리폼 호텔의 회의실, 여먹4총사 프로그램을 본 장태산이 박수를 치며 일어섰다. 회의실에는 윤기와 구 총주방장, 진규태, 창혁 등의 인물들이 포진하고 있었다.

"반응 괜찮을 것 같은데요?"

장태산이 먼저 청취 평을 냈다.

"저도 그렇네요. 원래도 빵빵한 메뉴들인 데다 타이틀 좋고, 게다가 새 메뉴까지 곁들이니 환상적입니다."

진규태도 긍정적이다.

"우리 송 셰프는?"

구 총주방장은 윤기의 소감이 궁금했다.

"제가 제일 걱정이죠."

윤기가 웃었다.

"셰프님이 왜요?"

장태산이 윤기를 바라보았다.

"도미니코와 데츠야⋯ 볼수록 굉장하단 말이죠. 역시 세상은 넓어요. 그런 사람들과 한자리에 서려니 긴장할 수밖에요."

"황금보스키 사상 첫 만점을 받았습니다. 긴장하는 건 오히려 저 두 셰프들일걸요?"

"그보다 이벤트 참가 손님들은요?"

"그러잖아도 선정에 몸살을 앓고 있는데 방송까지 나갔으니 내일부터 핸드폰 꺼야 할 것 같습니다. 온갖 데서 한 테이블 달라고 난리를 칠 테니까요."

"수아에게는 연락했죠?"

"그럼요, 당일 VVIP용 의전 차량으로 모셔 올 겁니다."

"창혁이는?"

윤기가 창혁을 바라보았다.

"저도 연습 마쳤습니다."

"창혁이네 팀도 의전용 차량으로 모셔 오세요."

"그렇게 하죠."

장태산이 윤기의 지시를 받았다.

수아는 초대 가수 두 명 중의 하나로 정했다. 창혁은 다시 한 번 드론 팀을 가동하기로 했다. 신세대를 대표하는 셰프들이니 드론 서빙을 선보이는 것이다. 이미 전력이 있기에 낸 제안이었는데 도미니코와 데츠야가 선뜻 수락해 버렸다.

[황금보스키상에 빛나는 송윤기, 도미니코, 데츠야 셰프의 금

빛 요리 제전]

모두의 기대 속에 그날이 밝아 왔다.

로봇 팔 수아의 열창이 시작이었다. 그녀도 이제 어엿한 가수
였다. 그렇기에 정식으로 계약을 하고 모신 윤기였다. 두 번째는
피아노 연주로 갔다. 조금 빠른 클래식으로 프랭크 밀의 두 곡이
었다.

짝짝.

박수와 함께 세 셰프가 등장했다. 윤기를 시작으로 도미니코
와 데츠야가 뒤를 이었다.

"와아아."

VIP 멤버들이 환호했다. 앞 테이블에 김혜주와 전송화, 장대
방 등이 보인다. 그 옆으로는 특별한 손님이 자리를 잡았다. 폴
보스키의 딸 릴리안과 미망인 허스 여사였다.

두 사람을 초청한 건 윤기의 생각이었다. 폴 보스키의 유산과
도 같은 세 셰프. 처음으로 조인트 요리전을 여니 그 멍석을 깔
아 준 보스키의 혈육들을 모시고 싶었다.

이 회장 부부도 박수에 동참하고 있다. 화요와 그의 부모님들
도 마찬가지였다.

그 뒤로 포진한 사람은 페드로 회장과 바바라였다. 당연히
소피아도 동참했다. 바바라의 박수 소리는 VIP들 중에서도 최
고였다.

이상백은 취재하느라 정신이 없었다. 앵글을 어디로 돌려도
그림이 되었다. 그러니 한 장면도 놓치고 싶지 않았다. 그 옆에

는 알버트와 베르나르가 버티고 있었다. 그들만이 아니었다. 황금보스키 결선에서 윤기의 탈락을 바라던 일본 기자 히로토도 보였다. 그들에게도 이 스페셜 이벤트는 핫한 기삿감이 아닐 수 없었다.

셰프들의 인사가 끝나고 가벼운 음료가 나왔다. 그 잔이 비어 갈 때쯤, 김민영과 여먹4총사들이 감탄을 쏟아 냈다.

"와아아."

4총사들의 시선은 주방 입구에 있었다. 거기서 드론이 날아오고 있었다. 리폼 호텔에서는 간간이 벌어지는 드론 서빙. 오늘은 차원이 달랐다. 드론들이 황금보스키상의 띠를 두른 것이다.

"송 셰프와 도미니코 셰프. 데츠야 셰프의 황금보스키상 결선 수상 요리입니다."

멘트와 함께 요리가 내려앉았다. 맨 뒤의 테이블부터 순차적으로 세팅되었으니 황금 쿨리비악과 게 라비올리, 그리고 광어 살사 베르데였다.

"와아아."

테이블마다 감탄사 연발이었다. 보는 것만으로도 충분히 황홀한 요리였다. 격조 높은 VIP 체면에도 사진부터 찍을 수밖에 없는 그림이었다.

김민영과 4총사는 인스타를 하느라 바빴다. 그들이 올린 게시물은 요리를 먹기도 전부터 댓글의 불이 붙었다.

요리의 황홀경은 계속 이어졌다.

"안심이 예술이네요."

"쥐치와 아귀의 간에 대한 재발견입니다."

"샹트렐 버섯은요? 이제부터 트러플이 아니라 샹트렐 버섯의 시대가 열릴 것 같아요."

윤기의 두 번째 작품에 대한 평가였다. 릴리안 역시 깊은 감회에 젖었다. 그녀는 아버지 폴 보스키의 요리를 누구보다 잘 알았다. 아버지의 주방에서 놀았기 때문이었다. 그때마다 보스키는 자애로운 얼굴로 요리 한 점을 입에 물려 주었다.

"어때?"

그때마다 소감을 물었다. 어린 릴리안의 미각은 보통이 아니었다. 아버지가 숨긴 맛을, 의도하는 맛을 제대로 잡아냈다.

상은 키스였다. 이마와 볼에 작렬하던 보스키의 애정. 그 맛을 다르게 해석한 윤기의 '피에 드 뵈프 로시니 인 코리아'는 또 하나의 사랑이었다.

도미니코의 연어 캐비지 역시 엄청난 호평을 받았다. 이 배합은 마치 보석 상자와도 같았다. 은은한 황금빛으로 구워 낸 양배추는 입에 넣으면 녹았다.

그 안에서 연어가 한 번 더 녹았다. 나이프로 자르면 스테이크를 보는 것만 같았다. 연어의 붉은색이 피워 내는 컬러의 마법은 고스란히 맛으로 이어졌다.

"이런 연어라니……."

"아흐, 먹는 대로 피부가 되는 것처럼 녹아 버려요."

김민영과 4총사들은 이미 맛에 녹은 지 오래였다.

데츠야의 토끼 미트볼은 조금 느낌이 달랐다. 미트볼을 중후하게 연출했으니 옥수수죽과 함께 날것의 자연미를 연출했다. 맛도 조금 강했다. 그러나 그 맛을 옥수수죽이 쓰다듬으니 초자연의 미식이 거기 있었다. 거침과 부드러움, 두 맛의 조화는 또 다른 미식 세계를 열어 주었다.

"와아."

이제 디저트가 날아오기 시작했다. 드론들은 어느새 초록의 띠로 변신했다. 요리만큼이나 우아한 비행으로 VIP 앞에 접시를 내려놓았다.

싱싱한 채소로 구성한 허브 가르구이유였다. 이 작품은 세 셰프가 합작하고 윤기가 플레이팅을 했다. 몇 가지 채소는 버터에 볶고. 또 몇 가지는 숯불에 구웠다. 나머지는 싱싱한 그대로 올리고 세 가지 소스를 더해 맛의 결을 살렸다.

그중 백미는 우아한 자작나무 살이었다. 하늘하늘 물결처럼 얇게 썰어 가르구이유의 중심에 놓았다. 어쩌면 가스오부시, 즉 가다랑어포처럼 하늘거린다. 그러나 포스가 달랐다. 이 자작나무는 우유의 속살처럼 희고 순수했다.

"오늘의 대미, 세 셰프의 나라를 대표하는 채소를 모듬으로 올린 트리플 가르구이유입니다."

멘트와 함께 접시가 랜딩되었다.

찰칵.

찰칵.

카메라가 바빠진다. 중후한 사회적 명성과 미식가들. 그럼에도 그 치명적인 작품성에 매번 카메라를 들이대지 않을 수 없었다.

"아빠, 이건 정말 못 먹겠어. 그냥 한 편의 예술이잖아?"

바바라는 요리에 홀려 몸서리를 쳤다.

"음, 그럼 너희는 사진만 찍고 내가 먹으면 안 될까?"

"그건 안 되지."

바바라가 접시를 보호한다. 옆의 소피아도 그랬다.

"셰프들께서 등장합니다."

장내 멘트가 나오자 귀빈들이 시선을 집중시켰다.

세 셰프의 등장은 마치 대스타의 등장을 방불케 했다. 몇은 기립 박수로 맞았고 또 몇은 사진을 찍느라 바빴다. 윤기는 맨 앞에서 그들 모두를 챙겼다.

"페드로 회장님."

"최고였소."

"바바라의 소감은요?"

"요리의 낙원에 온 것만 같아요. 황금보스키상의 세 셰프들 요리라니."

바바라의 감격은 윤기 이마에 키스로 이어졌다.

"마음에 드셨습니까?"

다음은 보스키의 딸 릴리안과 미망인이었다.

"이건 그냥 한 편의 감동이잖아요? 아빠를 넘어서는 감동이었어요."

릴리안의 환희는 포옹으로 이어졌다.

"회장님."

다음으로 이지용 회장 테이블이었다.

"맨 처음 송 셰프가 찾아왔을 때가 생각나는군."

이지용의 손은 송 셰프의 양어깨에 있었다.

"그때 송 셰프가 스테이크를 엎었지?"

"예."

"아마 일부러 그랬을 거야."

"맞습니다."

"잘 엎었네. 매너리즘에 갇힌 셰프들에게 질린 나에게 던진 신의 한 수였어."

"고맙습니다."

"신들의 성찬… 오늘 요리는 그렇게밖에 말할 수 없네. 몇 가지 되지 않지만 온갖 맛의 집약이었으니 신들의 향연에 초대받은 기분이었어."

"나도 그래요. 이건 정말……."

사모님도 격려에 동참을 했다.

하지만 김혜주는…….

"송 셰프, 이럴 때는 나 패싱해도 괜찮아. 많은 사람들이 송 셰프를 기다리잖아?"

…하고 윤기의 편의부터 도모했다.

"아뇨. 그래도 챙겨야겠습니다."

"아유, 정말… 내 소감도 다른 분들과 똑같아. 우리 송 셰프가 최고라는 말밖에는……."

김혜주의 눈가에 이슬이 맺혔다.

"우리 엄마… 먼길 가면서 나한테 선물을 주고 갔어. 나 외롭지 말라고 이렇게 멋진 동생을……."

"누나……."

이제는 윤기가 김혜주를 위로했다.

짝짝.

김민영과 연예인들에게서 따뜻한 박수가 터져 나왔다.

테이블 인사를 마친 세 셰프가 다시 한자리에서 인사를 드렸다. 그 위로 드론들이 날리는 꽃술이 쏟아진다. 황금보스키상 수상자들의 조인트 이벤트. 대성황 속에 막을 내렸다.

이 열기는 달리의 전시회로 고스란히 이어졌다. 호텔 레스토랑으로는 최초로 시도하는 명화요리 감상회. 감상 인파가 새벽부터 줄을 섰으니 그 줄이 호텔을 두 바퀴나 돌고도 남을 정도였다.

대다수의 인파는 그림만 보았다. 요리 좌석이 이벤트 공지 2분 만에 동난 까닭이었다. 특별 초청으로 온 달리 그림을 관리하는 관련 단체와 애호가들, 작품 소장자 일동 역시 '원더풀'을 연발했다.

리폼 호텔의 엔틱한 분위기 덕분이었다. 고풍스러운 회랑과 복도는 전문 미술관에 밀리지 않았다. 게다가 전시가 끝나는 복도에서 이어지는 메인 홀, 그곳에서 요리로 만든 달리전이 펼쳐졌다.

이 전시회를 위해 레이철까지 날아왔다. 레이철쇼에 소개하려는 의도였다. 그녀는 요리가 나갈 새로운 방향을 모색 중이었고 그 코드가 윤기와 맞아떨어졌다.

"맙소사."

메인 홀의 메인 테이블. 거기 펼쳐진 랍스타 탑을 보고는 바로 넋을 놓았다. 요리가 예술로 승화될 수 있다는 걸 보여 주는 증거가 거기 있었다.

분위기도 완벽하게 맞춰 놓았다. 웨이터 황보준호는 달리의 요리책에 나오는 사람처럼 콧수염을 길렀고, 요리를 담은 접시들도 최대한 비슷한 것으로 동원했다.

달리의 작품과 똑같은 요리들, 이 행운을 차지한 예약자들은 모두가 설레었다. 먹지 않아도 배부른 요리들. 그 위엄에 홀려 버리는 레이철이었다.

달리의 전시회는 일주일 내내 성황을 이루었다. 덕분에 일주일 내내 경찰들이 나와 주변의 차량 정리를 도왔을 정도였다.

"셰프님."

마지막 날의 요리가 끝난 후, 화요와 만났다. 미식하우스의 프라이빗 룸이었다.

쨍.

샴페인 한 잔을 나누었다.

"폭풍의 한 주였어요."

화요가 가까이 다가왔다.

"화요 씨도 바빴다면서요?"

"도망 다니느라 바쁘죠. 제품 달라는 사람이 많아서요."

"덕분에 호텔 예약이 더 늘고 있는 것 같아요."

"반대죠. 셰프님의 위명 덕분에 제품에 날개를 달고 있어요."

"그럼 다행이군요."

"이제 결정하셔야죠?"

"뭘요?"

"프랑스와 미국, 이탈리아 백화점 진출 말이에요. 오늘만 해도 몇 명의 바이어가 다녀갔는지 몰라요. 최고의 자리를 내주겠다고 해요."

"그건 제가 결정할 게 아닌 것 같은데요?"

"그럼 허락으로 알겠어요."

"화요에게 도움이 된다면."

"제게 진짜 도움이 되는 게 뭔지 아세요?"

"뭐죠?"

"셰프님이 제 곁에 있다는 것."

"화요……."

"세계 명품 백화점 입점까지 성공적으로 마치면 그때 셰프님께 말씀드리고 싶어요."

"……?"

"생의 끝 날까지 제가 옆에 있는 걸 허락해 달라고."

"화요."

"셰프님."

윤기가 화요를 안았다. 미친 듯이 달려온 스케줄들, 그동안 쌓인 피로가 화요의 체온 속에서 고이 녹아내렸다.

11월의 한 달 휴가.

네 번이 이어졌다.

그 한 달은 한국의 미식가들에게도 외국의 미식가들에게도 불편한 기간이었다. 미식의 기쁨이 사라진 까닭이었다.

그러나 윤기와 셰프들에게는 달콤한 재충전의 기간이었다. 윤기는 한 가지 원칙을 세웠다. 보름은 무조건 여행, 나머지 보름은 조별로 모여 새로운 메뉴를 만들었다.

첫해는 큰 성과가 없었다. 이런 휴가에 익숙하지 않은 직원들의 부담이 큰 까닭이었다.

성과는 두 번째 휴가부터 나왔다. 셰프들은 감을 잡았고 세계 각지로 흩어졌다. 그곳에서 전통 요리와 난전의 요리 등을 섭렵하고는 그 응용에 나선 것이다.

네 번째 해에는 최고의 성과가 나왔다. 구 총주방장이 두 개, 진규태가 두 개, 명규와 창혁 등도 그들의 네임드를 붙인 요리에 성공했다. 백미는 경모였다. 결혼 1년 차에 접어든 그는 실력이 만개하고 있었다. 결국 허니문 시리즈 요리를 내놓았는데 이게 대박이었다.

그냥 이룬 쾌거는 아니었다. 명규와 창혁, 경모는 이미 대형 사고를 치고 있었다. 그들 셋의 불꽃 팀워크로 룩셈부르크 요리 월드컵에 나가 라이브 부문에서 금메달을 먹었다.

이 또한 권위로 빛나는 요리 대회였으니 황금보스키상에 필적하기 위해 세계조리사연맹이 엄선한 12개국 대표만으로 추린 결선에서 빛을 본 것이다.

"와우."

허니문 시리즈의 시식을 마친 셰프들의 반응이었다. 그 안에는 윤기의 반응도 포함이었다.

경모의 요리에는 설렘이 담겨 있었다. 사랑하는 사람을 보았을 때의 설렘. 그 분위기만으로도 경모의 작품을 히트작 반열에 올랐다.

"아, 씨, 나도 여친 사귀어야겠네."

"나도요."

명규와 창혁이 귀여운 질투를 했다.

이 한 달 휴가의 말미에 릴리안의 전화를 받았다.

―셰프님, 잘 계시죠?

릴리안의 목소리는 밝았다.

"덕분에요."

―또 새로 꾸미는 이벤트 없으신가요?

"기대하세요. 새 시즌에도 네 번의 이벤트가 진행될 겁니다."

―실은 오늘은 저도 이벤트 문제로 전화를 드렸어요.

"릴리안의 이벤트요?"

―정확히 말하면 아빠의 이벤트죠.

"……?"

―몇 해 전에 황금보스키상 셰프들과 조인트 이벤트를 하셨잖아요?

"그 후로도 정기적으로 교류하고 있습니다만."

―그 아이디어를 제가 사도 될까요?

"아이디어요?"

―저 지금 쿠리에 엥테르나숑날 편집장님과 같이 있어요. 보스키 도르 대회의 활성화에 대해 생각해 봤는데 아무래도 셰프님의 아이디어가 좋은 것 같아서요.

쿠리에 엥테르나숑날이라면 셰프들에게 엄청난 영향을 미치는 잡지였다.

"무슨 말씀인지……?"

―올해가 황금보스키상 제정 33년이 되는 해거든요. 그래서 이 상을 다시 한번 재조명하는 의미에서 스페셜 셰프전을 개최할까 해요. 즉 그동안 황금보스키상을 받은 셰프들을 한자리에

모셔 경연하는 거죠. 셰프님처럼 최고의 VIP들 말입니다.

"아……."

―33명의 셰프들 중에는 암이나 사고로 세상을 뜨신 분도 있지만 그 자리는 차점자로 채우면 될 것 같고요… 우승 상금도 기존의 5만 불에서 33만 불로 걸 거예요. 그렇게 되면 우리 황금보스키상이 한 번 더 조명되는 계기가 될 것 같은데 어떠세요?

33만 불?

상금부터 초대박이었다.

"좋은 생각이네요. 그런 의미라면 제 아이디어, 기꺼이 협력하겠습니다. 도미니코와 데츠야 셰프도 그럴 겁니다."

―대회는 준비 기간 때문에 4개월 정도 걸릴 것 같아요.

"꽃피는 봄이로군요. 좋네요."

―그럼 정식 초청장을 보내겠습니다.

"기다리죠."

윤기가 답했다.

황금보스키 셰프들의 총 경연.

거액의 상금은 별개의 문제였다. 어쩌면 새로운 도약이 필요하기도 했던 윤기. 어느새 후끈 피가 달아오르고 있었다.

제9장

—

요리의 황제

"황금보스키상 수상자 총경연대회?"

윤기 말을 들은 진규태가 소스라쳤다. 다른 셰프들도 그랬다.

"으아, 말만 들어도 전율이네. 33회까지의 수상자가 총동원되는 규모에 대상 상금은 무려 33만 불?"

경모도 놀란다. 33만 불은 유례가 없는 상금이었다.

"셰프님이 또 한 번 버닝하셔야겠군요?"

장태산도 고무되었다.

"대상 한번 도전해 볼까요?"

윤기가 짐짓 물었다.

"그러셔야죠. 셰프님은 사상 최초의 100점 만점자시잖아요?"

창혁도 목소리를 높인다.

"요리월드컵 금메달 먹고도 저런 소리를 하네? 쟁쟁한 별들 사이에서 입상이 쉽냐?"

"그렇기는 하지만 그래도 셰프님이시니……."

"아무튼 그렇게들 알고 계세요."

윤기가 정리를 했다.

"그럼 셰프님, 우리도 꼽사리 끼어 가도 됩니까?"

명규가 물었다.

"그거 좋은 생각이다. 그런 대회라면 보는 것만으로도 배울 게 많을 테고."

구 총주방장 의견도 같았다.

"다들 가시면 주방은 누가 꾸리고요?"

장태산이 제동을 걸었다. 물론 다들 농담으로 주고받은 말인 줄 알고 있었다.

"두 명까지는 수락할게요."

윤기가 절충안을 내놓았다. 구 총주방장 말대로 보는 것만으로도 배울 게 많은 곳이니 좋은 기회를 놓치고 싶지 않았다.

"그럼 선착순이다. 나."

진규태가 1등을 선점했다.

"그런 게 어디 있어요? 정정당당하게 승부해요."

창혁이 볼멘소리를 냈다.

"어허, 똥물도 파도가 있는 법."

"꼰대."

"뭐야?"

"잠깐만요, 제가 선발 심사 해 드릴게요."

윤기가 절충에 나섰다.

잠시 후에 돌아온 윤기, 셰프들 앞에 기상천외한 요리를 내놓았다.

"달고나?"

구 총주방장이 고개를 들었다. 접시에 담긴 건 달고나였다. 문양은 별을 새겨 놓았다.

"기회는 한 번뿐, 시간은 5분, 말 나온 김에 공평하게 겨뤄 보세요."

윤기가 타이머를 세팅했다.

"진짜 이걸로 결정하는 거야?"

진규태가 물었다.

"아니면요? 다들 저랑 형제 같은 멤버들인데 어떻게 두 명을 골라요. 그러니까 복불복, 뽑기로 결정합니다."

"우워어."

"뭐 하세요? 시간 계속 흘러가요."

"알았어, 알았다고."

진규태가 달고나를 집어 들었다. 윤기를 바라본 장태산이 피식 웃음을 머금었다. 서로 머리를 맞대고 고민하는 모습을 보니 최상의 방법인 것 같았다.

"으악."

첫 비명은 명규에게 나왔다. 별의 한 모서리가 부서졌다.

"명규는 탈락."

윤기가 현황을 중계했다. 경모는 거의 완성이었다. 마지막 모서리에만 한 조각이 남았다. 힐금 창혁을 바라보고 그걸 떼어 내는데……

"……."

경모 얼굴이 파랗게 질려 버렸다. 모서리가 같이 잘리고 말았다.

"으앗, 거의 완성이었는데."

경모가 몸서리를 친다. 그사이에 창혁이 일을 내고 말았다.

"성공."

창혁이 손바닥의 별을 내밀었다.

"야, 그거 나한테 팔아라."

명규가 바로 딜을 날린다.

"됐거든요. 1억 줘도 안 팔아요."

창혁은 단칼에 거절을 날렸다.

"으헉."

구 총주방장도 탈락이었다. 화끈하게 가운데를 부러뜨려 먹었다.

"빙고."

남은 한 자리는 진규태의 것이었다. 두 손바닥으로 모셔 와 윤기에게 보여 주었다.

"성공 맞지?"

"그러네요."

"그럼 나하고 창혁이하고 송 셰프 수행해서 가는 거야?"

"수행까지는 아니지만 같이 가는 건 맞습니다."

"으아앗, 은서야, 아빠 황금보스키상 관람권 당첨이야."

진규태는 아이처럼 좋아했다.

그 주부터 윤기는 쉬는 날마다 지방을 돌았다. 황금보스키상 수상자 총경연대회의 메뉴 구상이었다. 시작은 동해안이었다. 강릉과 삼척, 영덕 등의 지역에서 허름한 음식점을 탐색했다.

황금보스키상.

타이틀보다는 세계적인 셰프들이 총출동한다는 게 마음에 들었다. 서른세 명의 출전자들은 이미 정해졌다. 그중에서 절반 가까이가 미슐랭 쓰리 스타의 레스토랑을 경영하고 나머지의 반은 원 스타거나 투 스타였다.

그 나머지라고 허접한 건 아니었다. 그들 중 셋은 윤기의 미식 하우스처럼 특별한 VIP만 받고 있어 미슐랭의 별 평가에서 제외되었을 뿐이었다.

황금보스키상의 총경연대회가 결정되면서 윤기도 집중 조명을 받았다. 주최 측에서 우승 후보로 올려놓은 다섯 명 중에 끼었다.

이상백은 물론이거니와 세계적인 미식 잡지의 인터뷰 요청이 줄을 이었다.

[요리 황제]

그들은 이번 우승자에게 그런 호칭을 붙여 놓았다. 별들의 별이니 황제라는 말도 지나치지 않았다.

"송 셰프가 우승 먹어야죠."

이틀 전, 취재를 나온 이상백의 말이었다.

"이 기자님, 거기 출전자들은……."

"하나같이 최고의 셰프라는 거, 나도 알아요."

"그런데 마치 당연한 듯이……."

"어렵죠. 하지만 그 어려운 걸 극복하는 게 송 셰프의 주특기
아닙니까?"

"……."

"리폼 호텔 차입금, 거의 다 상환하셨더군요?"

"예……."

"지방의 농장과 양식장도 제대로 자리를 잡았고……."

"그건 다른 분들이 열심히 일해 준 덕분이에요."

"그 시작이 누군데요?"

"네?"

"송 셰프잖아요? 송 셰프의 마법을 믿고 다들 총력으로 일하
고 있는 거고요."

"이 기자님."

"그 기대에 또 한 번 보답하셔야죠. 태국에서처럼요."

"태국……."

"그때 정말 심장이 쫄깃했습니다. 100점 만점으로 쓴 대반전
의 시나리오 말입니다."

"100점은 하늘이 내리는 점수예요."

"그거 아세요? 사실 하늘도 돕는 놈만 돕는다는 거."

"아주 강압을 하시는군요."

"그만큼 믿기 때문이 아닙니까?"

"노력은 해 볼 겁니다. 요리의 최고봉, 그걸 이뤄 보고 싶은 마음은 있거든요."

"지상 최고의 맛은 사랑이죠. 사실 태국에서의 쾌거도 어머니의 사랑 아니었습니까?"

"그건 그래요."

"오경모 셰프도 그랬죠. 좋아하는 사람을 만나면서 요리에 눈을 제대로 떴어요. 그래서 요리월드컵 금메달을 먹었지 않습니까?"

"그것도 인정."

"우리 송 셰프님은 천재적인 요리사죠. 그런데 거기에 아이템 하나가 더 붙었어요."

"뭐죠?"

"백화요."

"……?"

"아, 진짜 왜 이러십니까? 저 이상백, 송윤기 셰프 전문 취재기자예요. 내가 모를 줄 아세요?"

"언제부터……?"

"언제부터는요, 두 분이 LGY 스테이크 제품화할 때부터죠."

"……."

"사실 다른 기자들도 냄새를 맡았는데 제가 다 막았어요. 너희들 송 셰프가 먼저 발표하기 전에 이거 터뜨리면 한국에서 기자 생활 못 할 줄 알라고."

"그건 왜죠?"

"언젠가 제게 말했죠? 요리도 하나의 종합 예술이라고. 그 멋진 예술가가 작품을 향해 매진하는데 정신 사납게 해서 되겠어요?"

"……."

"두 분, 결혼하실 거죠?"

"……."

"대답 안 하는 거 보니 긍정이네."

"이 기자님, 왜 마음대로……."

"강한 부정도 긍정."

"허얼."

"아무튼 내 말은 이겁니다. 최고의 요리에 곁들여지는 아름다운 사랑. 그걸 승화시킨 요리. 그러면 얘기 끝나는 거 아닙니까?"

"다른 셰프들은요? 그들도 다 알고 있습니다. 특히 제가 황금 보스키상을 받은 자애로운 어머니의 맛 쿨리비악 말입니다. 최고의 셰프들은 마지막 식사로 어머니가 차린 평범한 밥상을 받고 싶어 한다고 말씀드렸잖아요."

"어머니만 사랑입니까? 아버지도 있죠."

"아버지?"

"요즘 이슈가 양성평등 아닙니까? 게다가 아버지의 사랑은 아직 크게 부각되지도 않았고……."

"아버지의 사랑……."

윤기 머리에 강력한 섬광이 스쳐 갔다. 그거였다. 어머니의 사랑을 소재로 한 요리는 차고 넘쳤다. 연인을 위한 요리도 그랬다.

하지만.

아버지의 사랑을 담은 요리는 많지 않았다.

아버지의 이미지, 위엄과 근엄, 투박함 같은 것의 부담 때문이었다.

'이 기자님……'

돌아보면 그와의 관계도 장족의 발전이었다. 오만하기 그지없었던 미식 전문 기자. 이제는 180도 변했다. 그도 윤기의 요리처럼 깊은 맛이 들었으니 이제는 요리를 관조하는 수준까지 도달해 있었다.

"아버지의 맛… 좋은 아이디어 같습니다. 고려해 보죠."

윤기가 그걸 접수했다.

아버지?

아버지.

그러나 영감은 쉽게 오지 않았다. 어머니가 차린 밥상은 많이 받아 봤어도 아버지가 차린 밥상을 받아 본 기억은 없었다. 게다가 그 밥상은 정감이 서려야 했다. 그러니 메뉴로의 승화는 요원했다.

2월의 첫 휴일, 윤기는 지방에 있었다. 지난밤, 마지막 손님 테이블이 끝나기 무섭게 서해안 고속도로에 올라탔다. 어머니의 고향 여수였다. 원래는 목포를 갈 생각이었는데 괜히 그곳이 당겼다.

어머니.

그 단어 때문이었다. 어머니의 자애로움을 담아 낸 쿨리비악. 그리고 어머니의 고향. 두 단어가 겹치면서 끌린 것이다.

잠은 작은 모텔에서 잤다.

이른 아침의 여수의 포구는 분주했다. 밤샘 어업을 한 배들이 들어오고 있었다.

경매장에 들렀다. 바구니에 담긴 생선들이 아가미를 뻐끔거렸다. 신선도가 좋으니 요리 생각이 났다.

행복했다.

요리사로서 좋은 재료를 만난다는 것. 그것만큼 배가 부르는 일도 드물었다.

손수레 커피 아줌마에게 커피 한 잔을 사 들었다. 두 손으로 잡으니 따뜻해서 좋았다.

선착장에 서서 커피를 마셨다. 그물을 정리하는 아저씨들의 팔뚝은 억세고 완강했다. 그 팔을 휘두르니 커다란 바구니가 휙휙 날아다닌다.

엷은 물안개와 함께 해가 떠올랐다. 커피 잔을 버리고 돌아설 때였다. 갑판에서 모락모락 김이 피어올랐다.

'응?'

윤기 시선이 갑판으로 달려갔다. 갑판의 식사였다. 방수복을 입은 채 그냥 철푸덕 둘러앉아 밥을 먹는다. 특별할 것도 없다. 그 투박함이 윤기의 시선을 끌었다.

핸드폰을 꺼내 사진에 담았다. 이럴 때는 카메라의 줌업이 요긴했다. 윤기의 눈보다 더 정확하게 볼 수 있기 때문이었다.

꾹꾹 눌러담은 밥에 김치와 잔반찬 하나. 메인은 국과 생선구이였다. 국에는 갓 잡은 생선 중에서 소량으로 잡힌 것을 듬뿍 넣었다.

게도 있고 새우도 있고 조개와 낙지, 주꾸미도 보인다. 손질한 흔적 따위는 전혀 없었다. 그냥 싱싱한 채로 집어넣고 끓여 냈다. 구이 역시 작은 물고기들이다.

"거기요."

식사하던 선장이 윤기를 불렀다.

"저요?"

"여기 사람 아닌 거 같은데 혹시 요리사요?"

"맞습니다만."

"그렇다니까, 이거 생각 있으면 올라오시오."

"앗, 감사합니다."

군말 없이 호의를 접수했다. 사진으로는 그 맛을 알 수 없기 때문이었다.

"자, 차린 건 없지만 많이 드시오."

선장의 인심은 넉넉했다.

"그런데 제가 요리사인 걸 어떻게 아셨죠?"

윤기가 물었다.

"장사 한두 번 하나? 요즘은 셰프들이 많이 내려온다오. 나 정도 경력이면 금방 알 수 있지."

"이 탕은 누가 끓이셨나요?"

"내가 했소만. 원래 집에 가서 먹는데 그물 수리할 게 많다 보니 식당 갈 시간도 없고 해서… 먹을 만하오?"

"훌륭한데요?"

"그래 봤자 요리사들 당할까? 우리야 험한 일 하다 보니 아무 거나 배만 채우면 되니……"

"아닙니다. 보아하니 잡고기가 많은데 꼭 필요한 것만 넣으셨어요. 구이도 정갈하고."

"그 구이는 샛서방고기라는 거요. 이 지역에서는 최고의 맛이지."

"서대나 갯장어가 아니고요?"

"그것도 좋지만 샛서방고기에는 못 당한다오."

"이름이 진짜 샛서방고기인가요?"

"군평선이라고도 부르는데 우리는 그냥 샛서방고기. 숨겨 둔 남편에게만 주는 고기니 얼마나 맛이 좋겠소?"

선장은 구이를 한 입 물었다. 그것 외에도 비슷비슷 소박한 물고기들.

몸값은 고가가 아니지만 맛은 그만이었다. 이 또한 대충 칼집한 번 넣어 구워 투박하기 그지없었다.

"요리사가 칭찬하니 기분은 좋네. 그래, 어느 호텔 요리사요?"

"리폼 호텔 송윤기입니다."

"리폼? 그런 호텔도 있나? 내가 하이야트나 워커힐, 신라호텔 같은 건 아는데……."

"어? 리폼 호텔요?"

게를 뜯던 어부가 고개를 들었다.

"알아?"

선장이 묻는다.

"그럼요. 서울서 대학 다니는 우리 딸이 노래를 부르는 호텔인데? 호텔은 좀 작지만 요리는 최고라고……."

"아유, 아닙니다. 따님이 좋게 말한 거죠."

윤기는 겸손했다. 낙지를 먹으면서 양푼을 바라본다. 시커멓게 그을리고 구겨졌다. 그런데도 정감이 간다. 마치 라면 전문집의 양은냄비처럼.

만든 사람도 아버지, 먹는 사람도 아버지, 주변 풍경도 아버지처럼 투박한 항구. 날것의 아버지 손맛… 그 위로 아침 햇살이 떨어진다.

'이거였구나.'

오래 고민하던 새 작품의 영감.

그 영감 하나가 윤기의 뼈를 치고 갔다.

"셰프님."

하늘이 맑은 날, 장태산이 환송객들 앞으로 나섰다. 그 뒤로는 구 총주방장과 주희, 이리나와 셰프들이 도열을 했다. 마침내 황금보스키상의 수상자들이 겨루는 세기의 요리 대회가 임박한 것이다.

"잘 다녀오십시오."

"부사장님이야말로 고객들 잘 부탁합니다."

윤기가 장태산의 인사를 받았다. 구 총주방장과 경모 등과 악수를 나눴다. 주희와 이리나의 손도 잡았다.

"셰프님."

주희가 눈으로 응원을 보낸다.

"대상 먹고 오셔서 한턱 쏘세요."

이리나는 여전히 톡톡 튀었다.

"야, 창혁이 너, 셰프님 수발 잘해라. 아, 씨, 내가 가야 하는 건데……."

명규는 아무래도 아쉬운 눈치다. 그걸 윤기와 동행하는 창혁에게 쏟아 놓았다.

"걱정 마라. 나랑 창혁이랑 송 셰프 업고라도 다닐 테니까."

진규태가 그 우려를 불식했다. 그도 윤기와 동행이기 때문이었다.

"셰프님 잘 모시고."

장태산이 VIP 픽업 전문 기사에게 당부를 했다. 그가 차량의 문을 여니 윤기와 창혁, 진규태가 올랐다.

"꼭 대상 먹고 오세요."

모두의 기대를 받으며 차가 출발했다.

가는 동안에도 윤기의 핸드폰에 불이 난다. 김혜주의 전화가 걸려 오고 화요의 전화도 걸려 왔다. 김민영과 전송화 등의 격려도 줄을 잇는다.

심지어는…….

"회장님."

이지용의 전화도 걸려 왔다.

─장도의 날이지?

"그걸 다 기억하십니까?"

─왜 아닐까?

"감사합니다."

─고마울 것 없어. 송 셰프는 내 비즈니스의 벤치마킹 대상자니까 말이야.

"그렇게 말씀하시니 영광입니다."

—송 셰프의 색깔을 마음껏 발휘하고 오시게나. 성과와 상관없이 우리 그룹 전속모델도 한번 하시게. 그 도전 정신을 그룹에 접목시키고 싶어.

"회장님."

윤기가 울컥했다. 신세기의 모델이라면 특급이다. 그동안 몇 가지 CF 모델을 했기에 잘 알고 있었다. 가히 파격적인 결정이 아닐 수 없었다.

—돌아오면 출품 요리 메뉴로 올릴 거지?

"그럼요."

—그때까지 이 조바심 잘 참고 있겠네.

"그래 주십시오."

—요리로 대한민국 국격 한 번 더 올려 주시게.

이 회장의 격려였다. 그 울림은 깊었다.

이상백의 촬영 팀과 두 명의 한국 기자가 인천공항에서 합류했다. 이상백의 팀은 모두 네 명이었다. 생중계까지 불사한다. 이상백의 주장으로 꾸린 팀이었으니 한국 방송 역사상 초유의 요리 중계 팀이었다.

거기서 윤기는 뜻밖의 꽃다발을 받았다. 그동안 윤기가 베푼 자선 요리의 수혜자들. 그들이 만든 카페에서 회원들이 나와 있었다.

"셰프님, 파이팅이에요. 저희 회원들 모두의 마음을 담았어요."

카페지기를 맡은 사람은 그 여자였다. 수술하는 할아버지를 모시고 왔던… 아, 할아버지의 수술은 대성공이었고 한다.

그가 내민 주머니에는 작은 소원의 별들이 가득 담겨 있었다. 회원들이 보내 온 걸 수합해 가져온 모양이었다.

"고마워요."

답례를 하고 기념 사진을 찍어 주었다.

찰칵.

모두의 응원이 사진에 담겼다.

지잉.

자동 출입국기가 열리고 닫히면서 탑승 절차가 끝났다.

"으아, 드디어 프랑스로 가는구나."

탑승이 시작되자 진규태가 기개를 뽐었다.

[잘 다녀올게요.]

지정석에 앉아 화요에게 문자를 보냈다. 그런 다음 핸드폰을 비행기모드로 바꾸었다. 파리행 비행기가 움직이기 시작했다.

*   *   *

프랑스 리옹 지역.

손강의 기슭에 축제의 팡파르가 울려 퍼졌다. 폴 보스키가 나고 자라고, 노년까지 레스토랑을 운영한 곳이었다.

대회는 하루지만 축제는 3일 예정이었다. 폴 보스키와 관련된 요리들이 선보이고 다양한 부대 행사와 굿즈들의 판매도 병행되었다.

공항에 도착하기 무섭게 윤기는 각국 기자들의 습격을 받았다.

"초유의 황금보스키상 수상자들이 겨루는 매머드급 요리 대회입니다. 진정한 요리 황제의 등극인 셈인데 자신 있습니까?"

"이번 대회 목표는 대상입니까?"

"최초의 100점 만점자로서 대회에 임하는 각오를 듣고 싶습니다."

기자들 질문이 이어졌다. 그들 중에는 알버트와 베르나르도 섞여 있었다.

윤기 대답은 간단했다.

"무궁한 실력자들이 무수하니 매 순간 최선을 다하겠습니다."

"폴 보스키 셰프에게 칼을 물려받았다고 들었습니다. 이번 대회에 그 칼을 씁니까?"

"당연히요, 그보다 좋은 칼은 보지 못했으니까요."

"이번 대회에도 쿨리비악으로 갑니까?"

뜨거운 질문이 나왔다.

"네."

윤기는 피하지 않았다. 숨기고 싶지도 않았다.

대회 요강의 주제는 '자유'였다. 옵션이라면 주최 측에서 준비한 재료만 사용해야 한다는 것. 재료 목록은 이미 배포가 끝나 있었다.

"이번 대회 최고의 경쟁자로 누굴 꼽습니까?"

"전부 다죠."

이 대답도 간단했다. 기습 인터뷰는 그것으로 끝냈다. 요리사는 오직 요리로서 보여 줘야 하기 때문이었다.

뒤를 이어 프랑스와 미국, 이탈리아, 중국, 일본 방송의 인터뷰 요청을 받았다. 방송 규모에서 미식 국가의 차이가 났다.

프랑스는 거의 10여 개 채널이 동원되었고 미국도 네 개, 심지어는 중국도 세 개의 채널에서 영상 취재에 열을 올렸다. 그러나 한국은 고작 하나. 그것도 이상백이 아니었으면 단신이나 하나 내주고 말 일이었다.

이게 한국 요리의 현주소였다.

대중은 요리에 열광하기 시작했지만 방송에서의 현실은 허구한 날 먹방 타령을 벗어나지 못한다. 스포츠의 국제대회에 비하면 아직 멀고 먼 위상이었다.

"이참에 대상 먹어서 그것도 바꿔 놓자고."

이상백의 의지가 불타올랐다.

대상.

그러나 그건 하나밖에 없었다. 상금이 무려 33만 불이니 경쟁 또한 용광로처럼 뜨거웠다.

그래도 윤기는 두렵지 않았다.

[역아와 안드레아]

시대를 달리하면서 최고의 셰프로 등극했던 두 사람. 그 빌런의 이미지를 마감할 기회였다. 동시에 황제를 꿈꾸던 둘의 야망도 충족시킬 기회였다.

그 운명의 날이 손강의 산 너머에서 밝아 왔다.

"보스키 도르의 영예, 황금보스키상 수상자 요리 페스티벌의 메인 행사를 시작합니다. 나와 주세요. 황금보스키상 수상 셰프님들."

메인의 진행은 프랑스의 대배우 록산느 토투가 맡았다. 그녀는 조리복풍의 황녀 복장을 하고 있었다.

서른셋의 셰프들이 나왔다. 모두가 당당하니 차마 거인들의 행진 같았다. 윤기는 끝에서 네 번째 등장을 했다.

"와아아."

수없이 도열한 인파들이 환호성을 질렀다. 보스키 도르 본선보다 서너 배는 많은 인파였다.

"오늘 인류 요리의 빅 매치, 황금보스키상 중의 황금보스키상을 두고 요리의 진수를 겨루실 셰프님들. 심사 위원장이신 스잔느와 부위원장이신 가스파르를 소개합니다."

"와아아."

또 한 번의 환호와 함께 두 심사 위원이 등장했다.

"이 자리에 참가하신 셰프님들은 최고의 실력자들이십니다. 따라서 단판 승부로 결과를 가립니다. 요리는 3인분, 주어진 시간은 4시간, 최종 우승자에게는 33만 불의 상금과 함께 10만 불에 해당하는 다이아몬드가 박힌 보스키 황제의 트로피를 수여합니다."

심사 규정의 발표는 스잔느가 맡았다. 셰프들에게는 이미 공지가 된 사실이었다.

"그럼 황금보스키상의 왕중왕전, 요리 황제를 가리는 대장정을 시작합니다."

더엉.

심사석 앞의 청동 종이 울렸다. 거기 시계가 새겨져 있으니 00:00:01부터 숫자가 카운트되기 시작했다.

"어마어마하네요. 우리가 참가했던 요리 월드컵하고는 차원이 달라요."

군중 속의 창혁이 중얼거렸다.

"그러게. 이건 뭐 다들 카리스마가 번쩍거리잖아?"

"저분⋯ 셰프님의 강력한 라이벌로 꼽히는, 이탈리아 최고의 셰프로 알려진 빈첸초 셰프예요."

"그 옆 셰프 역시 우승 확률이 높다는 뉴욕 최고의 셰프, 신의 손 젝키 존슨이야."

"그래도 우리 셰프님이 가장 돋보이는데요?"

"내 눈도 그래. 우리 송 셰프⋯⋯."

진규태는 긴장을 풀었다. 손을 경련하던 윤기가 아니었다. 어느새 세계적인 셰프들과 어깨를 나란히 하는 윤기. 33명 사이에 섞여 있어도 조금도 꿀리지 않았다.

"히로토 기자."

기자석의 이상백이 일본 기자를 불렀다.

"내기하자고요?"

"나쁘지 않죠."

"저는 송 셰프에게 겁니다."

"뭐야? 일본에서는 세 명이나 참가했는데 왜?"

"내 맘이죠."

"쳇. 그런 선수를 치다니……."

이상백은 할 말이 없었다. 그렇다고 다른 셰프에게 걸고 싶지는 않았다. 이상백의 뇌세포 속에 각인된 이름은 오직 윤기밖에 없었다.

'송 셰프… 힘들겠지만 대상 한번 먹자고. 그래서 세계 요리의 추를 한국으로 옮겨 버리자고. 그걸 할 사람은 당신뿐이야.'

이상백은 이마에 맺힌 땀을 닦아 냈다.

다다다닷.

사사사삿.

칼질 소리가 퍼지기 시작했다. 불협화음이 아니었다. 칼질 하나도 기가 막히는 셰프들이었다.

윤기는 서두르지 않았다. 멀리 보이는 손강을 한참이나 바라본 후에야 움직였다. 강물을 바라보며 마음의 평정심을 찾은 것이다.

"셰프님이 움직여요."

창혁이 소리쳤다. 이 모든 것은 창혁의 동영상에 담기고 있었다. 현장 중계였다. 서울에 남은 셰프들의 부탁이기도 했고 창혁 자신이 간직하고 싶기도 했다. 윤기는 창혁의 우상이기 때문이었다.

창혁의 연봉은 이제 7천만 원으로 올랐다. 그 연봉 계약을 본 날 창혁이 뒤집어졌다. 지나쳤다. 도무지 받을 수 없는 거액이었다. 그때 윤기가 말했다.

"너는 적어도 1억이야. 내가 고맙지."

그날 창혁은 윤기 품에 안겨 한참을 울었다. 다리의 장애가 있음에도 리폼 팀에 붙여 준 윤기. 그렇게 품어 준 덕분에 윤기의 비기를 배울 수 있었다. 그런데 연봉까지 차곡차곡, 그 어떤 셰프 못지않게 올려 주니……

'셰프님……'

창혁의 바람은 윤기의 재료 위에 꽂혔다.

무조건 대상.

창혁이 겨누는 목표는 오직 하나였다. 단순히 윤기가 고마워서가 아니었다. 윤기는 그럴 자격이 있었다.

"황금 쿨리비악 재료인데?"

진규태가 중얼거렸다. 이제는 진규태와 창혁도 할 수 있는 요리였다. 물론 윤기의 그것과는 다르다.

조금은 아쉬웠다. 하지만 이해했다. 윤기의 테이블은 언제나 만원이었고 11월의 휴가 기간에는 초보 셰프들을 가르치면서 새 메뉴를 개발하느라 바빴다.

'내가 조금 더 커버해 주었어야 했는데……'

진규태의 눈시울이 뜨거워졌다.

"다른 재료도 준비하시네요."

창혁이 안도한다. 꿩과 사슴에 토끼고기였다. 흔치 않은 구성이다. 그렇다면 허를 찌르는 새 메뉴를 기대할 수도 있었다.

첫 번째 재료는 기자들에게 공언한 대로 쿨리비악으로 갔다. 물고기 형태의 반죽도 같았다. 완성된 후에 금박을 입히면 황금 쿨리비악이 된다.

그렇다면 꿩과 사슴, 토끼가 승부수?

창혁의 눈이 반짝인다.

과연 써는 게 달랐다. 쿨리비악처럼 눈처럼 곱게 다지는 게 아니라 육포처럼 길게 썰었다. 꿩과 사슴, 토끼고기의 비율은 동량이었다. 재료에 트랜스글루타미나아제를 솔솔 뿌린다. 그런 다음 태극 김밥을 말 듯 도르륵 감으니 세 육류가 고루 겹쳤다.

따로 준비된 재료는 쿨리비악보다 더 소박했다. 양송이와 시금치, 심지어는 야생 육류의 잡내를 잡기 위한 향나무 열매 즈네브르조차도 칼등을 툭 쳐서 으깨는 것으로 끝냈다.

"설마 저걸 다져서 쿨리비악을 만들려는 건 아니겠죠?"

이상백 옆의 베르나르가 중얼거렸다.

"……?"

순간 이상백은 불길해졌다. 어쩐지 그럴 것만 같았다.

말이 씨가 된 걸까? 불길한 예감은 그대로 적중해 버렸다. 두 번째 재료도 결국 쿨리비악 쪽으로 흘렀다.

게다가 그 쿨리비악은…….

사사삿.

윤기의 칼질이 시작되었다. 한 편의 경쾌한 연주다. 그 칼은 폴 보스키의 칼. 박자를 따라 움직일 때마다 보스키의 딸 릴리안의 시선이 따라왔다.

결합이 끝난 꿩과 사슴, 토끼고기는 완두콩 크기로 썰렸다. 그 또한 입자가 거칠었다. 으깬 즈네브르와 버무리더니 석쇠에 끼워 숯불에 그을렸다.

냄새는 끝내줬다. 올리브와 요구르트에 재운 안초비 때문이다. 그걸 분무기로 뿌려 잡내를 한 번 더 잡아 버리는 윤기였다.

살짝 시어링이 되자 버터를 끼얹고 또 한 번의 불맛을 입힌다. 육즙과 버터가 불에 녹으며 떨어진다. 그 액즙을 모아 한 번 더 불맛을 가미하니, 풍미가 삼중 사중으로 진해졌다. 여기에 쓴 버터 입자도 굉장히 거칠었다.

다음 차례는 포트와인과 오렌지였다. 버터와 함께 졸여 내니 달큰새콤한 소스가 되었다. 그걸 또 한 번 끼얹어 불맛을 마무리하는 윤기였다.

잠시 식는 사이에 금박을 펼쳤다. 입자는 작았다. 그 위로 불맛 입힌 꿩과 사슴, 토끼고기 조각을 굴렸다. 하나하나 금박을 입히는 것이다.

다른 셰프들의 조리대 역시 화려함의 극치였다. 왕실의 요리를 재현하는 셰프부터 명화의 이미지를 구현하는 셰프들이 즐비했다.

"저런 건 송 셰프의 주특기인데… 그냥 저렇게 역사 속의 요리로 승부해도 되련만……"

이상백은 아쉬웠다. 다른 셰프들의 불꽃 버닝을 보자니 더 그랬다.

"그러게요. 송 셰프라면 로마의 성찬은 물론, 대영제국의 성찬도 문제가 없을 텐데……"

"두고 보자고요."

알버트와 베르나르의 위로였다.

"1시간 남았습니다."

진행자의 멘트와 함께 세 번의 종이 울렸다. 세 시간이 지났다는 뜻이었다. 셰프들의 요리는 이제 슬슬 정체를 드러내고 있었다.

모두가 다른 갈래로 가지만 한 가지는 확실했다. 한결 같이 럭셔리하고 미각을 자극하는 포스라는 것.

"아."

지켜보던 진규태 입에서 탄식이 흘러나왔다. 윤기의 꿩과 사슴, 토끼고기. 그 또한 쿨리비악으로 변신하고 있었다. 그러나 겉반죽이 달랐으니 오징어 먹물을 들인 블랙이었다.

뜻밖의 컬러, 블랙.

윤기는 대체 무슨 구상을 하고 있는 걸까?

"셰프님은 생각이 있을 거예요."

창혁은 끝까지 윤기를 믿었다.

"10분 남았습니다. 테이블 세팅을 부탁드립니다."

진행자의 멘트가 빨라지자 셰프들도 속도를 냈다.

"이건 뭐 누구 하나 실수도 안 하네?"

"그러게요."

진규태의 조바심에 창혁이 공감한다. 정말 그랬다. 서른 셋 참가자들. 하나도 흐트러짐이 없었으니 황금보스키상의 위엄을 알 것 같았다.

데엥, 데엥, 데엥, 데에엥.

마지막 종소리가 들렸다.

모두 네 번이었으니 시계가 04:00:00을 가리켰다.

"황금보스키상 왕중왕전을 마감합니다."

진행자의 멘트와 함께 셰프들이 물러섰다. 테이블에 남은 건 각 세 접시의 작품들. 참가 셰프들의 혼이었으니 플레이팅조차 눈부실 정도로 우아했다.

"심사 진행합니다."

멘트와 함께 심사 위원 일곱 명이 나왔다. 그들 가운데는 폴 보스키의 딸 릴리안도 포함되었다. 심사는 세 명씩 짝을 지어 진행했다.

한 조는 1번 셰프부터 진행했고 또 한 조는 맨 끝 33번 셰프의 요리부터 진행했다. 스잔느는 심사 위원장으로서 참관만 하는 모양이었다.

두 심사 위원 조는 각각 세 개씩의 요리를 선택한다. 두 조가 공통된다면 최종 심사대에 오르는 요리는 세 개로 줄어들 수 있었다.

"아, 피 마르네."

진규태가 숨을 거친 숨을 고른다. 창혁은 말조차 하지 못했다. 그저 주먹을 불끈 쥐고 집중할 뿐이었다.

"1차 심사를 통과한 작품을 발표합니다. 두 심사조에서 공통되는 작품이 있어 총 작품은 4개가 되겠습니다."

4개의 요리. 그렇다면 두 개의 요리가 공통되었다. 그렇다면 그들이 가장 유리한 고지에 있었다.

[빈첸초, 젝키, 에이타, 송윤기]

"와아."

관객들의 박수 환호가 터졌다. 창혁과 진규태도 겨우 숨을 돌렸다. 윤기가 예선을 통과한 것이다. 하지만 이내 어두워졌다. 빈첸초와 젝키. 둘의 요리가 공통으로 선택되었다는 표식 때문이었다.

"힘들겠는데?"

진규태의 목소리에서 힘이 빠졌다. 원래도 강력한 우승 후보자들. 양쪽 심사단에 공통으로 선택되었다는 것은 높은 점수를 받았다는 뜻이었다.

최종심은 직접 시식이었다.

빈첸초는 랍스타와 안심을 새로운 관점에서 해석한 요리를 냈다. 슬라이스한 송아지 안심으로 랍스타롤을 만들었다. 주요 세 부위별로 소스를 달리해 구워 냈으니 그게 또 모두의 혀를 사로잡았다.

"소스에 들어간 게 껍질 분말인가요?"

첫 심사 위원의 질문이었다.

"맞습니다."

빈첸초가 답했다.

"그런데 이 바삭한 식감은?"

"등껍질을 튀긴 다음에 분말로 갈아 냈습니다. 바삭한 느낌을 위해서요."

"노란 소스는 내장을 넣었군요? 그런데 다른 랍스타 내장소스보다 진하고 고소해요."

"버터와 유자에 아몬드 가루를 섞어 농축시켰기 때문입니다."

대답하는 빈첸초는 자신만만했다.

젝키는 비건으로 달렸다. 주제 자체가 호감이 가는 이슈였다. 그러나 외양은 반전을 이루어 푸짐한 오리 다리 콩피 모양이었다.

원재료를 뜻하는 초록 완두콩을 곁들여 강력한 대비의 색감까지 연출하니 흠잡을 데가 없었다.

"원더플."

심사 위원들의 평가였다.

에이타는 일본과 중국, 서양의 요리를 접목했다. 도톰하게 포뜬 도미살을 말아 불고기처럼 구워 낸 후에 중국식 만두피를 입혀 튀겨 냈다.

"겉은 바삭하지만 속에는 레어의 순수한 맛이 남아 있어요. 스테이크와 일본의 회, 중국의 만두를 동시에 먹는 기분입니다."

"도미의 숨은 매력을 제대로 보여 주네요."

심사 위원들의 시식이 멈추지 않는다. 에이타 또한 미식 주요국의 특성을 살린 메뉴로 높은 점수를 받았다.

"송 셰프."

여섯 심사 위원들이 이제 윤기의 쿨리비악 앞에 섰다.

"쿨리비악이군요?"

가스파르가 물었다. 그는 이미 이 요리를 알고 있었다.

"예."

"이건 검은 쿨리비악이고요?"

가스파르의 시선이 플레이팅을 체크한다. 황금빛 쿨리비악 옆에 검은 쿨리비악이 세트로 놓였다. 그 아래는 월계수 잎을 깔았으니 지독히도 소박했다.

접시에는 포트와인과 오렌지, 버터를 졸여 만든 소스가 붓질을 따라 꼬리를 뻗었다. 그 끝은 접시의 끝, 거기 또 작은 월계수 잎을 놓고 손 형상을 한 채소 장식을 놓았다.

그 위에 꼬마 쿨리비악이 두 개 놓였다. 하나는 황금빛을 절반 둘렀고 또 하나는 검은 빛깔을 절반 둘렀다.

릴리안이 메인 쿨리비악을 잘랐다. 안에서 나온 내용물은 완전히 판이했다.

황금 쿨리비악에서는 소박하고 자애로운 안심 캐비어가 나왔고 검은 쿨리비악에서는… 투박하지만 황금을 두른 조각들이 나왔다.

[겉과 속이 완전히 다른 반전의 쿨리비악 세트]

색깔처럼 맛도 강한 대비였다. 자애롭고 푸근한 맛에 투박하면서도 강렬한 맛을 입힌 검은 쿨리비악……

"이 요리의 주제는 뭘까요?"

끝의 심사 위원이 물었다.

"아버지의 맛을 주제로 한 '어느 패밀리의 평화'입니다."

"아버지의 맛?"

심사 위원들이 고개를 들었다.

"저는 지난 보스키 도르에서 어머니의 맛으로 수상했습니다. 그런데 돌아보니 우리 요리에는 유독 어머니의 손맛이 많이 강조되고 있더군요. 거기서 영감을 받아 아버지의 맛을 구상했습니다. 투박하지만 어머니 못지않은 맛으로 가정의 울타리가 되는 아버지들. 무뚝뚝한 외모는 검은색으로 표현하고 그러나 가족을 우선으로 생각하는 따뜻한 속마음에는 황금을 입혔습니다. 맛 또한 어머니와 아버지처럼 두 갈래로 표현했으니 아버지의 맛은 투박하지만 깊어 오랜 여운으로 남습니다."

"아버지의 맛……."

입 안에 남은 여운을 곱씹던 심사 위원들, 눈빛이 흔들리기 시작했다. 모두가 무심하던 단어를 윤기가 꺼내 놓았다.

아버지.

그들도 요리를 한다. 어머니보다 투박하고 거칠다. 그래도 그 안에는 아버지 방식의 사랑이 담겼다. 표현하지 않는 사랑이자 드러나지 않는 사랑…….

그들은 다시 두 쿨리비악을 집어 들었다.

"과연……."

아버지의 쿨리비악에서 모두의 감정이 흔들렸다. 어머니의 맛과 반대편에 선 아버지의 맛.

어떻게 보면 무성의해 보이지만 씹을수록 깊어지는 그 맛… 꿩과 사슴, 토끼고기의 맛이 투박하게 어우러지며 그걸 대변하고 있었다.

"이 기자, 분위기가 좀 이상해지는데요?"

빈첸초의 대상을 확신하던 알버트가 고개를 갸웃거렸다.

"내 생각도 그렇습니다."

베르나드로 신중해진다.

"고기도 다르군요?"

다시 스잔느가 물었다.

"어머니의 손맛은 정성을 다해 빚어 낸 안심 캐비어지만 아버지의 손맛은 꿩과 사슴, 토끼고기입니다. 아시겠지만 꿩과 사슴은 귀한 대접의 상징입니다. 토끼 또한 그다음 서열이죠. 이들 식재료는 야생적이니 아버지로서 가족을 사랑하는 마음을 담는 데 제격이라고 생각했습니다."

"……"

심사 위원들의 눈빛이 한 번 더 변했다. 유럽에는 식재료의 위계질서라는 게 남아 있었다. 그 가치에 의하면 사슴은 돼지 같은 육류와 비교의 대상이 아니었다.

고귀하다. 그중에서 최고봉은 꿩이었다. 꿩은 신과 가까운 동물이기 때문이었다.

"그렇다면 접시 끝의 조그만 쿨리비악들은 남자아이와 여자아이?"

이 질문은 가스파르의 것이었다.

"그렇습니다. 세상을 이루는 맛의 근본은 패밀리입니다. 거기서부터 세상의 이야기가 시작되니까요. 두 아이를 떠받드는 손 모양의 채소 조각은 부모님의 사랑입니다."

윤기가 작은 쿨리비악을 들었다. 그러자 채소 조각 안의 공간을 가득 메운 하트 모양의 금박이 보였다.

"……?"

꼬마 쿨리비악을 가른 릴리안은 그 내용물에 압도되었다. 큰 쿨리비악과 똑같은 내용물로 작게 만든 줄 알았다. 하지만 아니었다. 안에 든 건 작은 하트 모양들이었다.

"아이들은 사랑이니까요."

윤기의 설명이었다.

심사 위원들의 눈빛이 출렁거렸다. 비주얼은 분명 앞의 두 명에게 밀렸다.

그러나 맛과 의미는 전혀 그렇지 않았다. 게다가 아버지의 손맛이라니? 요리에서는 일종의 혁신과도 같은 주제였다.

심사 위원들이 모여 숙의를 한다. 모두의 시선이 빈첸초와 윤기를 번갈아 보더니 마침내 아이패드의 점수판을 눌렀다.

"……!"

모두가 숨을 죽인다.

진행자가 자신의 아이패드에서 결과를 확인했다.

"후아."

잠시 숨을 고르고 발표를 시작한다.

"황금보스키상들의 제전이자 인류 최고의 요리 제전, 그 별들의 별 중에서 요리 황제로 등극할 셰프는……"

"……"

창혁이 두 손을 모은다. 진규태도 당연히 그랬다. 창혁이 보내주는 화면을 보고 있던 윤기 어머니, 리폼 호텔과 화요, 김혜주의 마음도 한결같았다.

'제발……'

모두의 비원이 하나로 뭉쳐질 때 요리 황제의 이름이 호명되었다.

"황금보스키상들 중에서도 최고로 빛나는 셰프."

"……."

"바로 코리아의 송윤기 셰프입니다."

"으아아."

"셰프님."

진규태와 창혁이었다. 대회장이 떠나갈 듯한 비명과 함께 달려 나갔다.

윤기는 눈을 감고 있었다.

역아가 다가왔다. 안드레아도 다가왔다.

역아는 황제를 위해 솥단지 안에 넣었던 자신의 아이를 꺼내고 있었다. 안드레아 역시 권위와 오만, 욕망으로 가득하던 마음을 내려놓았다.

두 전생의 정화였다.

고마워, 나의 전생들.

윤기가 속삭였다.

33만 불과 10만 불짜리 다이아몬드가 박힌 트로피가 윤기 품에 안겼다.

송윤기, 요리 황제의 등이 근질거리기 시작했다.

날개가 나는 걸까?

그렇다.

날개였다. 이제야말로 훨훨 날아오를 것만 같았다.

감격스러운 그 순간을 진규태와 창혁이 덮쳐 왔다.

"셰프님!"

창혁의 목이 터진다.

"송 셰프!"

그 위로 또 하나의 축하 폭탄, 이상백이 탱크처럼 돌진하고 있었다.

『요리의 악마』完.